凍りついた香り

小 川 洋 子

幻冬舎文庫

凍りついた香り

1

ウィーン・シュヴェヒャート空港からプラハへの乗り継ぎ便は、五時間遅れた。どうしてそんなことになるのか、誰に尋ねても本当のことは教えてくれなかった。うんざりしたように首をすくめるか、私の知らない言葉を早口で並べ立てるだけだった。

搭乗口C－37番は、建物の一番端にあった。人影はまばらで、静かだった。流れる音楽もなく旅行者たちの心浮き立つざわめきもなく、時折響く案内アナウンスは、スピーカーが壊れているのか途切れ途切れでほとんど聞き取れなかった。

コーヒースタンドは店仕舞いをはじめた。さっき私にサンドイッチを作ってくれた男の子が、モップで床を拭いていた。カウンターの照明が消され、きれいに磨かれたガラスコップが、布巾の上に伏せて並べてあった。

外はもう真っ暗だった。オレンジの誘導灯が、にじんで見えた。ちょうど一機、離陸してゆくところだった。遠い闇の一点に吸い込まれるように、それはゆっくりと小さくなっていった。

白人の老婆は身体を丸め、鞄を枕にしてベンチに横たわっていた。中国人らしい親子は、粉をぽろぽろこぼしながら月餅《げっぺい》を食べていた。母親の胸で赤ん坊がぐずりだした。みんな、飛行機を待っていた。

日本を出発してからどれくらい時間がたったのか、自分はいったい何時間眠っていないのか、計算してみようとした。けれど何度試しても、うまくいかなかった。時差の七時間分を足したり引いたりしているうちに、わけが分からなくなった。疲れすぎて頭の芯が痺れていた。

どんな種類であれ、計算するのは彼の役目だった。誰かの生年月日を西暦に直したり、出張旅費の合計を出したり、ボウリングのスコアをつけたり、タクシーのお釣りが間違っているのを指摘したり……。

弘之はいつだって正しい答えを出すことができた。「えっと……」と私が口ごもるだけで、すぐさま脇から正確な数字を提示してくれた。決して押しつけがましくなく、自慢げな様子はかけらもなく、むしろ申し訳なさそうでさえあった。君が困っているように見えるから、つい口出ししてしまうんだ。もし余計なお世話だったら許してほしい。

――そんなふうに言いたげだった。
５８、３７４００、１６９２、９０３……。彼の答えはただの数字だった。それ以外に意味はなかった。なのに私は、彼がそれをつぶやく瞬間を何より愛した。
ゆるぎのない数字の響きは私を安堵させた。間違いなく自分のそばに、彼がいるのだと感じることができた。

不意に雷が鳴った。さっき飛行機が消えていったあたりに、稲光が走った。続けて雹《ひょう》が降りだした。

最初は待合室のガラスが割れたのかと思った。何か硬いものが崩れ落ちるような、すさまじい音があたりを包んだ。老婆は起き上がり、赤ん坊はきょとんとしておしゃぶりを落とした。誰もが外に目をやった。

本物のガラスのように、雹はキラキラと光っていた。目をこらすと、一つ一つの形が闇に映って見えた。それらはいくつも窓にぶつかり、砕けて飛び散った。

ふと気がつくと、私たちの乗る飛行機が横付けされていた。機体に〝ＣＥＳＫＹ〟の文字が読み取れた。いつの間に、どこから来たんだろう。私は立ち上がって窓に近寄った。荷物を積んだ貨物車が長く連なり、あちこちでカーブしながらこちらに向かっていた。

プロペラにも、車輪にも、翼にも、雹《ひょう》が降り注いでいた。ドアが持ち上がり、タラップが取り付けられた。一段と大きな雷が鳴り、また赤ん坊が泣きだした。

雹に打たれる飛行機は、余計小さく見えた。傷つき衰弱した小鳥のようだった。搭乗を告げる案内板のランプが、やっと点滅しはじめた。

弘之が死んだと、病院の看護婦から電話があった時、私はリビングでアイロンをかけていた。

「え？　何ですって」

受話器の向こうの聞き覚えのない声に、私は問い直した。

「仕事場で、自殺をはかられました。無水エタノールを飲んだんです」

見ず知らずの女が、弘之についてどうしてそんなに詳しく語れるのか、不思議な気がした。そのことが理不尽な仕打ちに思えた。

「すぐにいらして下さい。一階西側玄関を入ってすぐの、救急救命センターです」

無水エタノール。それなら知っている。調香室の棚の一番下に置いてあった。調香室で作業する弘之の姿を、しょっちゅうじっと眺めていたから、あそこのことならどんなに細かいところでも覚えている。赤いキャップの、褐色のガラス容器に入っていた。丸みのある、重そうな瓶だ。白いラベルが貼ってあった。確か一センチくらいしか、減っていなかったと思う。

「よろしいですね」

女が念を押した。

私はアイロン台の前に戻った。そしてやりかけていた弘之のワイシャツに、アイロンをかけた。

すぐに行かなければならないと、分かっていた。財布だけポケットに突っ込み、タクシーを拾い、何を置いても病院へ駆け付けるべきだった。

なのに私の手は勝手にアイロンを動かしていた。今はこれをやりとげることが、何より大事なのだとでもいうように、丁寧に衿の皺を伸ばしていた。これを着る弘之は、もう死んでしまったというのに。

霊安室は地下にあった。細長い廊下を歩くと、リノリウムの床がキュルキュルと鳴った。朝仕事に送り出した時、変わった様子はなかったはずだ。私は自分に言い聞かせた。調香の道具の入った鞄を提げ、玄関の鏡でネクタイが歪んでいないか確かめ、片手を上げて「じゃあ」と出ていった。

昨日の夜は二人でささやかなお祝いをした。私たちが一緒に暮らしはじめてちょうど一年の記念日だった。彼の好物のミートローフを作り、デザートにアップルパイを焼いた。シャンパンを開け、私だけ飲んだ。いくら勧めても、やはり彼は飲まなかった。それもいつものことだった。嗅覚《きゅうかく》によくないからと言って、絶対にアルコールを口にしなかったのだ。その代わり、パイをおかわりした。

彼は初めて私のために作った香水を、プレゼントしてくれた。ずっと前から約束していた品だった。私が催促するたび、困ったように目を伏せながら言ったものだ。

「そう簡単にはいかないんだ。君のことをもっと深く知らなくちゃ」

それは〝記憶の泉〟と名付けられていた。半透明のほっそりとしたガラス瓶は飾り気がなく、両肩の曲線は不揃いで、いくつか気泡がまじっていた。光にかざすと、香水の中でその泡が揺らめいているように見えた。素朴なボトルとは反対に、蓋には精巧な透かし模様が彫ってあった。孔雀《くじゃく》の羽根の模様だった。

「孔雀は記憶を司る神の使いなんだ」

そう言いながら彼は蓋を取り、私の髪の毛に指を滑り込ませ、耳の裏側に一滴香水をつけた。

そんな大事な夜を過ごした次の日に、自殺なんてするはずがない。私はさっきから同じことばかり、繰り返し考えていた。もし自殺することがずっと前から決まっていて、香水が出来上がるのを待っていたのだとしたら、私への心残りがないようにと思っていたのなら、香水など完成しなくてもよかったのだ。

霊安室は寒くて窮屈だった。弘之が横たわる寝台のまわりは、ようやく人が立てるくらいのスペースしかなかった。香水工房の玲子先生と、もう一人見知らぬ若い男が立っていた。先生は私と目を合わせ、何か言おうとして途中で口ごもり、言葉にならないため息をついた。

私は弘之の頬に掌《てのひら》を当てた。思わずそうせずにはいられないほど優しい表情をしていた。これが死んでいる人間の顔とは、放っておいたら腐ってゆく人間の顔とは信じられなかった。

「ごめんなさいね」

玲子先生が言った。

「もっと早く気づいていれば、こんなことにはならなかったのに……。朝からずっと、弘之君に留守番を頼んで出掛けていたの。帰ってみたら、調香室で倒れてたの。まさか、薬を飲むなんて、信じられないわ。寄り道せずに、もっと早く帰ってくるべきだった。最初はふざけているんだと思ったのよ。私のこと、からかってるんだって。なのに、呼んでも揺すっても返事をしないの。足元に空の無水エタノールの瓶が転がってた。それを見つけた時、身体中が震えてどうしようもなくなったわ。まるで自分がそれを飲んじゃったみたいに息苦しくなって……。でも弘之君はちっとも苦しそうじゃなかった。本当よ。口を閉じて、目を伏せて、一心に香りをかいでいるようだったわ。そう、いつもあそこでそうしてたのと同じよ。あまりにも遠い香りの思い出を手繰《たぐ》り寄せようとして、気づかない間にふっと、心臓が止まってしまったみたいだった……」

一度喋りだすと、玲子先生は止まらなくなった。涙が流れるように、次から次から言葉がこぼれ落ちてきた。彼女の声だけが、霊安室に漂った。

頰は温かかった。今までに何度も触れてきた、肌の感触と同じだった。でもすぐに、錯覚だと分かった。本当はそれは、痛いほどに冷たかった。アイロンをかけたワイシャツの温もりが、掌に残っているだけだった。

「どうしてそんな、美味《おい》しくないものを飲んじゃったの……」

私は言った。涙も見せず、叫び声を上げるでもなく、淡々とそうつぶやいたのだと、あとで玲子先生が教えてくれた。自分では何も覚えていなかった。

「でも、弟さんが来てくれて助かったわ。私と涼子さん二人だけだったら、何をどうしていいのか見当がつかないもの。ね、そうでしょ？　一人でも多く近しい人に集まってもらわなくちゃ、淋しすぎるわ。だって彼、一人ぼっちだったのよ。しんとした調香室の片隅で……。昨日まで作ってた香水の匂いだけ。彼に寄り添っていたのは……」

沈黙が訪れると、耐えきれずに先生はまた喋りだした。

「〝記憶の泉〟だわ」

私はつぶやいた。けれど先生の耳には届かなかった。

どうやったら弘之の身体をこのままの形にしておけるのだろうと、私は考えた。生き返らせるのはもう無理だとよく分かっていた。そうではなく、灰や骨になった彼を見たくなかった。彼の姿が消えてしまうこと、それが一番恐ろしい事態に思えた。死ぬことより怖かった。いくら冷たくてもいい。この頰の感触さえ掌にあれば、どうにか自分を保っていけそうな気がした。

まず清潔で上等な絹の布地がいる。しかも、何重巻きにしても余るくらいたっぷりと。そしてミルラ。これが一番大事だ。ミイラの語源になった香料だと、いつか弘之が教えてくれた。殺菌作用と防腐剤の効果を持ち、紀元前四千年から神への捧げ物として焚かれていた、再生をもたらす神聖な薬。

なぜ私たちはミイラの話などしたのだろう。もう忘れてしまった。彼は私の知らない話をたくさん知っていた。どれもこれも香水に関わりのある話ばかりだった。それを聞かせていつも私を感心させたり、うれしがらせたり、しんみりさせたりした。

次に血を抜き、内臓を取り出す。いくら丁寧にやっても、やり過ぎということはない。どんなに小さな腸の襞《ひだ》一個でも、どんなに薄っぺらな脳味噌の皮一枚でも、見逃さずに掻き出す。そして中にミルラを詰める。元の形を歪めないよう、上手に皮膚を伸ばす。もちろん頰の内側にも。最後にミルラに浸した絹を巻き付け、それが染み込んでゆくのを待つ。怖がることはない。レーニンだってエヴァ・ペロンだってそうしたのだ。

調香室の棚にミルラの瓶はあっただろうか。なぜ玲子先生はどうでもいいことばかりお喋りして、大事な香料を持ってきてくれないのだろう。今一番私たちに必要なのは、ミルラなのに……。

「一年に二回、電話し合う約束をしていたんです」

聞き慣れない声がした。はっとして私は顔を上げた。私の手はまだ頰の上にあった。

「父の命日には僕から、母の誕生日には兄から。そうやってちゃんと日にちを決めておかないと、忘れちゃうから」

先生の隣にいた男性だった。寝台の縁《へり》をつかみ、一言一言慎重に喋った。うつむいた拍子に、薄ぼんやりした明かりが横顔を照らした。

弘之にそっくりだった。弘之そのものと言ってもいいくらいだった。その一瞬が急激に私を現実に引き戻した。頰に当てた指が凍えた。

弟？　彼に弟などいたのだろうか。家族の話は一度もしなかった。みんな死んでしまったのだと言っていた。それで終わりだった。みんな死んでしまった——これほど彼にふさわしい台詞《せりふ》はないとさえ思った。いつだって彼はガラス張りの調香室に座っていた。まるで生まれる前からずっとそうしていたかのように、長い時間動かず、匂いをかいでいた。

もう少し光の角度が変われば、もっとはっきり顔が見えそうだった。あわてて私は視線をそらした。弘之の唇はまだみずみずしく、今朝シャンプーしたばかりの髪は柔らかく、彼にとって一番大事な鼻は、こんなみすぼらしい明かりのもとでも、美しい輪郭を失っていなかった。

「今日が父の命日なんです。僕が電話を掛ける日だったんです。僕に早く知らせるために、この日を選んだのだろうか」

玲子先生と私と弘之、誰に問い掛けるともなく男は言った。

私は頬から手を離した。先生が声を上げて泣きだした。窓はないのに、どこからか冷気が忍び込んできた。

彼が今日を選んだのは、約束した香水のためではなく、弟への気遣いからだったかもしれない。お父さんと同じ日に死にたかったのかもしれない。

私は見知らぬ弟に嫉妬しているのに気づいた。その場違いな感情は、私を戸惑わせ、混乱させ、打ちのめした。そして弘之を失う本当の苦しみと恐怖を、私にもたらした。

プラハの空港で私を出迎えたのは、まだ少年と言ってもいいくらいのあどけない顔をした、若い男だった。着古した革ジャンのポケットに両手を突っ込み、背中を丸めて立っていた。私を見つけると、はにかんだように微笑《ほほえ》みながら握手をした。均整の取れた引き締まった身体つきで、両方の耳に金の輪っかのピアスをしていた。

「お待たせしてしまってごめんなさい。飛行機が随分遅れたものだから」

私は言った。うつむいたまま彼は、もぞもぞと何か喋った。

「しびれを切らして、帰ってしまったんじゃないかと心配していたの。こんな真夜中に一人で放り出されたら、どうしようもなかったわ。本当にありがとうございます」

青年はあいまいにうなずき、革ジャンのボタンを留め、とにかく行きましょうと目で合図した。ウエーブのかかった栗色の髪と、同じ色をした瞳だった。

「ねえ、あなた、チェドック旅行公社でお願いしたガイドさんでしょ？」

試しに今度は英語で尋ねてみた。しかし彼の反応は相変わらずだった。チェコ語と思われる単語を、二言三言口にしただけだった。謝っているようでもあったし、心配いらないと励ましているようでもあった。

「日本語の分かるガイドさんをって、あれほど念押ししておいたのに、どうしたのかしら。英語も駄目なの？　一言も？」

答える代わりに彼はスーツケースの把手《とって》を握り、よろしかったらそちらもどうぞというふうに、私が提げていたボストンバッグに遠慮気味に手をのばした。私が首を横に振ると、すぐに手を引っ込めた。

「言葉のできない人だと困るの。いろいろ調べたいことがあるし、人に会って話を聞かなくちゃならないのよ。ただの観光じゃないの。今日中に打ち合わせをして、滞在中のスケジュールを立てる約束だったんだけど。もちろんこんなに飛行機が遅れるとは思わなかったから。明日にはちゃんと、希望通りの人に来てもらえるのかしら」

この子に何を言っても無駄だと分かっていながら、心配事を口にしないではいられなかった。眠っていないせいで、神経が変にたかぶっていた。

まるですべて理解できるかのように、青年は熱心に耳を傾け、しばらく宙の一点を見やってから、黙って微笑んだ。そしてスーツケースをライトバンの後部座席にそっと載せた。仕方なく私も愛想笑いを浮かべた。それより他にどうしようもなかった。

プラハにもにわか雨が降ったのか、街は濡れていた。街路樹やアスファルトや路面電車の線路が水滴で光っていた。クリーム色がかった街灯が闇を照らしていた。中心部に近づいても人影はほとんどなかった。高い常緑樹とレンガの塀に囲まれた、重厚な造りの病院があるかと思えば、半ば崩れかけたみすぼらしいガソリンスタンドもあった。暗い森、バスターミナル、公園の噴水、食料品店、郵便局、どこもみんな眠りについていた。ライトバンはいくつかの交差点を曲がり、スピードを上げて走った。後ろでスーツケースと、彼の荷物らしい黒い箱が、ぶつかりあってカタカタ鳴っていた。

「名前は何？」

背中から、声を掛けてみた。英語でゆっくり二度繰り返した。彼は振り向き、愛敬のある目をクリクリさせて、またハンドルを握り直した。

「私は涼子。私の名前は涼子。りょ、う、こ、なの。分かる？」

今度は人差し指で背中をつついた。彼はくすぐったそうに身体をよじりながらうなずいた。

「リ、ヨーコ」

たどたどしい発音だったが、どうにかこちらの意図は伝わったようだった。

「で、あなたは？」

「ジェニャック」

彼は左にウインカーを出し、ハンドルを切った。エンジンの音でよく聞き取れなかった。

「ジェ、ニャッ、ク」

控え目に小さな声で彼は言った。

何と言いにくい名前だろうと、私は思った。疲れ切った頭には、とても覚えられそうになかった。

突然彼が外を指差した。私ははっとして窓ガラスに顔を寄せた。いつの間にかヴルタヴァ川が姿をあらわしていた。幅の広い静かな流れが闇に溶け込み、その前方にはカレル橋が横たわり、さらにそれを見下ろすように、丘の頂きにプラハ城がそびえていた。

橋と城は特別な光で照らされていた。派手な照明ではないのに、塔に施されたこまやかな飾りや、欄干に並ぶ聖像の輪郭がくっきりと浮かび上がって見えた。そこだけが闇も届かない宙の深いところから、すくい取られてきた風景のようだった。

できるだけ長くその風景が見られるよう、彼はスピードを落とした。

「ジェニャック」

もう一度彼は言った。
「ええ、分かったわ。とても素敵な名よ」
私は答えた。

ホテルは旧市街広場に面したティーン教会の脇を抜け、入り組んだ路地に入り、北へ二、三分歩いたあたりにあった。四階建ての古びた建物で、フロントの電球以外、全部の明かりが消えていた。急な階段を一段一段昇るたび、どこかで何かの軋《きし》む音がした。臙脂《えんじ》の絨毯は擦り切れ、染みだらけだった。

私はベッドの隅に腰を下ろし、鞄から〝記憶の泉〟を取り出した。長旅の間にガラス瓶が傷ついていないか、光に透かして調べてみた。

瓶を揺らしただけで香りが漂った。それは奥深い森で、シダの葉に宿った露の匂いだ。雨上がりの夕暮れに吹く風の匂いだ。あるいはジャスミンのつぼみが、眠りから覚める一瞬の匂いだ。

でももしかしたら、あの夜弘之がつけてくれた匂いの記憶が、ただよみがえっただけかもしれない。この香りがどこから漂ってくるのか、私には区別がつかなかった。

部屋は天井が高く、一人には広すぎた。質素なベッドと、ドレッサーと、洋服ダンスがあるだけで、あとはがらんとしていた。タンスの扉は壊れて半開きになったままだった。カーテンは重厚な模様で、たっぷりとドレープが取ってあったが、日に焼けて色褪せていた。

蓋に刻まれた孔雀の羽根を、私は指でなぞった。彼が死んで以来、一度もそれを開けたことはなかった。中身が減ってゆき、やがて消えてなくなってしまうのが怖くてならなかった。

今でも彼の指先が、耳の後ろの小さな窪みに触れた瞬間を覚えている。まずいつもの手つきで蓋を開けた。どんな種類の瓶であれ、彼はとても素早く、しなやかに開けることができた。芳香蒸留水の白いキャップでも、フラワーエッセンスのスポイト付きの蓋でも、無水エタノールの赤い蓋でも。

それから一滴の香水で人差し指を濡らし、もう片方の手で髪をかき上げ、私の身体で一番温かい場所に触れた。私は目をつぶり、じっと動かないでいた。その方がより深く香りをかぐことができたし、より近くに彼を感じることができた。彼の鼓動が聞こえ、息が額に吹き掛かった。人差し指はいつまでも湿ったままだった。

私は香水瓶を握り締め、ベッドに倒れ込んだ。眠らなければならないと分かっていた。なのにどうすれば眠れるのか、方法が思い出せなかった。いくら鎮めようとしても、彼にまつわるあらゆる感触がよみがえってきた。ほんの少し顔を傾け、耳の後ろに手をのばせば、彼に触れることさえできそうな気がした。人差し指を抱き寄せ、頬ずりしたり口に含んだりできそうだった。なのに私の掌にあるのは、香水瓶だけだった。

スーツケースは部屋の真ん中に放り出したままだった。両替したばかりの見慣れないお札が、ポケットからはみ出していた。窓には鎧戸が下り、耳を澄ませても街の音は届いてこなかった。私は自分がとても遠い場所へ来てしまったのだと分かった。

2

「気がすむまで、どこでも遠慮せず探してね。もっとも、弘之君が使っていた引き出しは、この机と、キャビネットの一列と、それくらいしかないんだけど」

玲子先生は言った。

「どうもありがとうございます」

私と彰は一緒に答えた。

霊安室で最初に会った時、あんなにもよく似ていると思ったのに、改めてよく見れば、弟はあらゆる部分が弘之とは違っていた。弘之よりも細身で背が高かったし、髪はストレートで耳が隠れるくらいに伸ばしていたし、私と話す時は、じっとこちらを見据えて視線をそらさなかった。

「じゃあ、僕はキャビネットを。姉さんは机をお願いします」

彰は私のことを姉さんと呼んだ。弘之とは入籍していなかったし、弟がいることも知らなかったから、そう呼ばれるたびに居心地の悪い気分に陥った。けれど彼はずっと昔から馴れ親しんできた言葉のように、それを口にした。そういうはにかみのなさも、弘之とは違うところだった。

私たちは手分けして弘之の私物を整理し、手掛かりになるものはないか探した。玲子先生の香水工房はマンションの一室にあり、十六畳ほどのリビングルームが仕事場になっていた。日光の届かない、ガラスで囲まれた東側の一角が調香室で、あとは事務用の机やソファーが配置されていた。壁は作りつけの棚で覆われ、そこにはびっしり香料が並んでいた。整頓の行き届いた、化学の実験室のようだった。

何かが見つかるはずだと期待していたのに、机から出てくるのは味気ない品物ばかりだった。押しピン、スティック糊、カレンダー、色鉛筆、乳鉢、フランス語の辞書、手鏡、濾紙《ろし》、歯医者の診察券、植物図鑑、ハーブキャンディー……。

それらがあるべき場所に、きちんと納まっていた。どこも乱れていなかったし、不自然に目立つところもなかった。鋭いナイフで切断された時間の断面のように、すべてが平然としていた。

「いつもこんなふうにきれいに片付けてあったんですか」

キャビネットのファイルをめくりながら、彰が尋ねた。

「そうなの」

玲子先生が答えた。

「覚悟してわざわざ整理したわけじゃないのよ。そんな素振りがあれば私だって気づいたはずよ。彼はとにかく、物事を分類することに関しては、ずば抜けた能力の持ち主だったわ。四百種類以上ある香料から、クリップの一個一個にいたるまで。ね、そうでしょ？」

先生は振り向いた。

「ええ」

私は相づちを打った。

「子供の頃はそんなことなかったのになあ。ランドセルの中なんて、黴《かび》の生えた給食のパンがゴロゴロしてて、それを発見するたび、母がヒステリーを起こしてた」

私の知らない弘之の姿を彰が語るたび、鼓動が速くなった。自分がそれを知りたがっているのか、耳を塞ぎたいと思っているのか、よく分からなかった。彼と私とどちらがたくさん弘之のことを知っているのだろうと、考えてしまった。そうするとまた、霊安室で感じた嫉《ねた》ましさが湧き上がってきそうだった。もうこれ以上、混乱したくなかった。

せっかく弘之が自分のやり方で納めた物たちを、私は残らず引っ張り出し、段ボール箱へ詰めていった。滑らかな時間の断面を、かき回しているような気がした。けれど私はどうしても、自殺の理由が知りたかった。

「もともと彼をうちで採用したのも、その能力に目をつけたからなの」

彰を手伝ってファイルの書類に目を通しながら、先生は続けた。

「調香師はね、いかにたくさんの香りを記憶しておけるかが大事なの。なにせこの世の中には、四十万種類の匂いがあるんだから。形のない香りにイメージと言葉を与えて、記憶の引き出しに順序よくしまって、必要な時、必要な引き出しを開けられないと、やっていけないの。だから彼の抜群の分類能力は、絶対この世界で生かせると思ったわ」

「兄はすぐれた調香師だったんでしょうか」

「そうなれたはずよ。まだ途中だったの。ほんの入口に立っただけだった」

先生はため息をつき、別のファイルを広げた。

弘之と暮らしはじめてすぐ、その分類癖には気がついた。自分の衣類や本はもちろん、私の仕事の資料や化粧品まで、なにもかも全部を分類、収納していった。その作業に十日以上を費やした。

「もし君が触れてほしくないものがあったら、言ってくれないか。それには手を付けないから」

と、最初に断りを言ったが、私は彼の好きにさせた。実際彼のやり方は合理的で、生活を快適にしてくれるものだったし、何より作業に熱中している姿が、あまりにも真剣だったからだ。

洗面台の戸棚の前で、あるいは流しの下の調味料置場を開けて、彼はしばらく全体を眺め、スペースと品物の量と大きさを目ではかり、設計図をイメージしてから行動に移った。化粧水の瓶を動かし、マニキュアを色の系統別に並べ、頭痛薬を救急箱に戻した。香辛料を三つのブロックに分け、オリーブオイルと菜種油の場所を入れ替えた。

私がいい加減に散らかしても、文句は言わなかった。彼にとって大事なのは、片付いている状態ではなく、分類する行為だった。きりっと唇を結び、視線を一点に集め、頭に描いた公式に次々品物を当てはめていった。まるで世界中の品物を分類するのが、自分の役割なのだとでも言いたげだった。

おかげで家の捜索もすぐにすんでしまった。遺書はもちろん、不審な走り書きも手紙も電話番号も見つからなかった。日記はなかったし、手帳は事務的な記録だけだった。改めて考えてみれば、私たちには共通の友人と呼べる人が玲子先生しかいなかった。

私は辞書を一ページ一ページめくってみた。カレンダーに書き込まれた約束を一つ一つチェックしていった。歯医者の診察券に載っている電話番号を回してみた。どれも無駄だった。

「このフロッピーディスクを調べてみたいんですけど、いいですか」

数枚のディスクを手にして、彰が言った。

「ええ、どうぞ」

私たちはコンピューターの前に集まり、画面を見守った。出てきたのは見慣れない単語や数字や化学式だった。

「レシピだわね」

先生が言った。

「他に何か、メッセージみたいなものは書かれていないでしょうか」

「勉強のために自分なりのレシピを書いてたみたいね」

先生はキーボードを操作した。いくつもいくつも、ただ香水の原料とその量が記されているだけだった。

「オリジナルじゃないわね。既製の香水を分析したものだわ」

三枚めのフロッピーの最後の文書を呼び出した時だった。単調な画面に突然文章の断片が現われた。三人とも短い声を上げた。

「岩のすき間からしたたり落ちる水滴。洞窟の湿った空気」

一行めを彰が読んだ。

「締め切った書庫。埃を含んだ光」

続けて私が声を出した。

「凍ったばかりの明け方の湖」

「緩やかな曲線を描く遺髪」

「古びて色の抜けた、けれどまだ十分に柔らかいビロード」

「いったい何のこと？　詩でも書こうとしてたのかしら」

私はもう一度最初から、一語ずつ目で追っていった。

「そうじゃないと思う。これは匂いのイメージを言葉にしたものよ」

「じゃあただの、仕事上の記録ですか」

「だけど匂いのイメージはとても内面的なものだし、その人の記憶と深く関わっているから、弘之君の心を知る手掛かりにはなるかもしれないわ」

結局私たちはその部分をプリントアウトして持ち帰ることにした。

「理由を知りたいと思うのは当然だけど、あまり無理をしないでね」

玄関口で玲子先生は言った。

「ええ」

段ボール箱を胸に抱え、私は答えた。

「彰君もまたいつでも遊びにいらっしゃい。せっかく知り合いになれたんだから」

「〝凍ったばかりの明け方の湖〟……」

さよならと言う代わりに、彰は弘之の残した一行をもう一度つぶやいた。


私は彰をホテルまで送った。弘之の葬儀以来、彼はホテルに泊まっていた。田舎は瀬戸内海に面した小さな町で、弘之が家出してからはずっと母親と二人暮らしだという。

その母親は身体が弱く、葬儀にも上京してこなかった。

父親は十二年前、弘之が十八歳、彰が十四歳の時、脳腫瘍で死んだ。大学病院の麻酔科の教授だった。その父の死後すぐに家出して以降、弘之はとうとう一度も家には帰らなかったが、兄弟の間では時折連絡を取り合っていた。年に二回の電話の約束は必ず守られたし、たまに会って食事をすることもあった。

彰は高校を卒業したあと、日曜大工用品を扱う店に勤めている。物置を組み立てたり、レンガや腐葉土を配達したり、電動ノコギリのバッテリーを交換したりするのが仕事だ。

私の知らない話ばかりだった。全部、彰が教えてくれた。

「いつまでこちらにいられるの?」

私は尋ねた。

「二親等の忌引は五日だから、まだ大丈夫」

彰は答えた。

私たちはホテルのロビーでお茶を飲んだ。窓のない薄暗いロビーで、真ん中に趣味の悪い中国風の壺が飾ってあった。ソファーが柔らかすぎて、すぐに背中が痛くなった。

「私のこと、弘之から聞いていた?」

「なぜか分からないけど、何も教えてくれなかった」

申し訳なさそうに、彰は首を横に振った。髪が額に掛かった。

「でも姉さんのことだけじゃないんだ。何の仕事をしてるとか、どんな家に住んでるとか、そういうこともよく知らなかった。信じてもらえないかもしれないけど」

「ううん。信じるわ。私だってあなたのこと、彼が死んで初めて知ったんだもの」

私はコーヒーカップを持ち上げ、中身がなくなっているのに気づいて元に戻した。

「元々お喋りな方じゃなかったし、私生活の立ち入った話はしたくないっていう雰囲気が、どことなく漂っていたんだ。だから二人で会う時は、ほとんど僕が喋ってた。店長の悪口や、プロ野球の予想や、ガールフレンドと喧嘩したいきさつや、まあくだらない話だけど。兄貴は聞くだけ。時々くすっと笑ったり、感心したふうにうなずいたりするだけで、ただじっと耳を傾けてる。まるで聾《ろう》唖《あ》者《しゃ》みたいにね」

「仲がよかったのね」

「さあ、どうだろう。姉さんは兄弟は？」

「妹が一人。結婚してマレーシアに住んでる。ずいぶん長いこと会ってないわ」

「そう。僕が十四の時、突然兄貴が家出して、僕たちの関係は一回そこでぷっつり遮断されてるんだ。僕一人、おふくろの前に取り残されちゃって……。そこで、とっても心細い思いをしたから、六年ぶりに連絡があって再会してからも、いつもひやひやしてた。僕が何かへまをやらかしたら、兄貴はまたどこか遠くへ行ってしまうんじゃないかって。だから余計なことは聞かないようにしてたんだ」

彰は水を飲んだ。

「でも、やっぱり、こんなふうになってしまった」

つぶやくように氷が鳴った。彰はいつまでも、コップの中を見つめていた。

弘之が自殺したと知った時、もちろん驚いた。間違いであってほしいと願った。でも正直に言えば、本当に私を驚かせたのは、自殺の事実ではなく、〝もしかしたら、そういうこともあるかもしれない〟と感じた自分の心の動きだった。

彼と一緒に暮らしている間、一度だって自殺の心配などしたことはなかったのに、なぜかその瞬間、意識のどこかで納得してしまっていた。

土曜の夜遅く、明かりもつけずに食器戸棚の前に座り込み、スプーンとフォークを柄の長い順に並べ替えている後ろ姿を、見てしまった時。私が迎えに来たのも気づかず、調香室で匂い紙を鼻に近付け、記憶を手繰り寄せようとしている心細げな様子に、声を掛けそびれた時。知らず知らずのうちに私は、ある予感を溜め込んでいたのかもしれない。彰が弘之と会うたび、ひやひやしたのと同じように。

「最後に会ったのはいつ？」

私はウェイターに合図し、コーヒーのお代わりを頼んだ。

「半年くらい前かなあ。夏のはじめだった。オレンジ色の半袖のポロシャツを着てた。兄貴にしては珍しく派手な服だったから覚えてるんだ」

玲子先生がフランスから買ってきたお土産だ。洋服ダンスの上から三番目の引き出しにしまってある。

「他に何か気づいたことはなかった？」

「そのことはもう何十ぺんも考えてる。あの日会ってから別れるまでの場面を一つ一つよみがえらせて、会話や仕草を思い出して、見落としはないか、繰り返し自分に問い掛けてる……。でも駄目なんだ」

彰はテーブルに落ちた水滴で、意味のない形をいくつも書いた。日に焼けた無防備な手だった。あちこちに小さな傷跡があり、指先は皮が厚くなってひび割れていた。香料のひとしずくをスポイトですくい上げていた、弘之の手とは違っていた。

「いいのよ。あなたを責めているわけじゃないんだから」

「東京で輸入工具の展示会があって、出張してきた時だった。渋谷の犬の前で待ち合わせたんだ。犬のしっぽのところ。東京ではあそこしか僕知らないから。それで、中華料理屋で昼飯を食べた。普段どおりだったよ。あとは、駅まで送ってくれて、手を振って別れた。新幹線の中で飲めって、缶ビールを買ってくれたけど、それもいつものことだった。ただ、別れる間際、握手したなあ。〝お前の手は鉄の匂いがする〟って言われた。展示会でさんざん工具を触ったあとだったから。〝犬みたいな真似はよせよ〟って言い返したら、笑ってた。そこで扉が閉まったんだ」

「ところで、家出のきっかけは何だったのかしら」

「親父が死んだことが、一つの引き金になったのかなあ。でもそれが原因じゃない。突発的な感情で出ていったわけじゃなく、長い時間をかけてそうなったんだ。砂丘が浸食されてゆくみたいにね。もうこれより他、どうしようもないって感じだった。うまく言えないけど……。僕はまだ子供だったし……。兄貴は十八だったんだから、十分自立していい歳だ。家出という言葉はふさわしくないのかもしれない。母が急に無花果《いちじく》が食べたいって言い出して、兄貴が近所の八百屋へ買いに行った。ポケットに小銭だけ入れて、スニーカー履いて。で、そのまま帰ってこなかった。八百屋のおじさんに尋ねたら、兄貴は確かに無花果を買ってた。八個。仏壇に供える分も入れて一人二個ずつの計算だ。その無花果を提げて、家とは反対の方へ歩いてゆく後ろ姿を、おじさんが見たのが最後だった。おふくろは今でも、無花果を食べたがってる」

「何もかも、今度と同じだわね。前触れもなく、置き手紙もなく、不意に姿を消してしまうの……」

吐息と一緒に「そうだね」と彰は言い、二、三度まばたきしてから足を組み替えた。ソファーのスプリングが気持の悪い音を立てて軋んだ。

さっきからずっと音楽が鳴っているのに、ボリュームが小さすぎて聞き取れなかった。オーボエのようでもあるし、猫の寝息のようでもあった。カウンターの中でウェイターが、所在なげにシュガーポットを磨いていた。どこかのテーブルで小さな笑いが起こり、すぐに静まった。

「ねえ、これを見て」

彰が上着のポケットから一枚の紙を取り出し、テーブルの上に広げた。

「さっき、玲子先生からもらったんだ」

弘之の履歴書だった。工房に就職する時提出したものらしかった。

「名前と住所、まあ、これはいいとして。生年月日、本籍、学歴、職歴、家族構成、特技・資格……。何もかも、全部違っている」

よく見えるように、彰は履歴書を私の方へ向けた。見慣れた弘之の字だった。丸みがあってバランスのいい、読みやすい字。

「誕生日は四月二十日じゃない。三月二日だ。大学には行ってない。高校二年で中退したんだ。大学卒業後、イェール大学に留学して演劇を勉強。帰国後、私立高校の非常勤講師の職につき、倫理社会を教える。演劇部顧問として全国高校演劇コンクールに出場。三年連続入賞する。父親は染色家で母親は保育園経営。十年前に乗用車が溜め池に転落して二人とも水死。特技は弦楽器の演奏。小学校時代、地元の子供オーケストラでチェロを担当……。兄貴がチェロを弾いてるところなんて、見たことある？」

黙って私は首を横に振った。

「チェロどころか、家にはハーモニカ一つなかったんだ」

私たちはしばらく、履歴書の上に視線を落としたままじっとしていた。

「私には、工房に来る前は農薬工場で働いてたって、言ってたわ」

「それも怪しいね」

「どうしてこんな嘘をついたのかしら。見栄を張っていたとは思えないけど」

「イェール大学の卒業証明書を見せろって言われたら、どうするつもりだったんだろう。今となっては、倫理社会だろうが、農薬だろうが、関係ないけど……」

彰はそう言って、履歴書をポケットにしまった。弘之のついた嘘に腹を立てている様子はなかったし、投げやりにもなっていなかった。むしろ弘之の死んだ哀しみが一段と深まってしまったようだった。履歴書を畳む手つきが、いたわるように丁寧だったので、そうだと思った。

「子供の頃のルーキーは、嘘つきなんかじゃなかったよ」

私は彰の顔を見つめた。

ルーキー。

自分以外の人間がその呼び名を口にするのを、初めて聞いた。それは二人だけの時、弘之に向かって私が使うニックネームだった。

「小さい頃、自分の名前をちゃんと言えなくてね。どうしてもルーキーになってしまったんだ。秘密のもう一つの名前さ」

と、弘之は教えてくれた。

「私も彼をそう呼んでたわ」

「ようやく僕たちが共有できる、真実の言葉が一つ見つかった」

コップの水を全部飲み干し、彰は言った。

3

次の日、以前から決まっていたファッション雑誌の仕事で、新しくオープンした宝石店を取材しに行った。本当はしばらく休みたかったが、スケジュールを調整する気力さえわいてこなかった。あちこちに電話して、謝ったり、言い訳をしたり、慰められたりするくらいなら、目の前の義務を淡々と果たしてゆく方が簡単に思えた。

鞄にいつものテープレコーダーと、予備の電池と、ノートと筆記用具を入れ、口紅だけ塗って出掛けた。弘之が死んでしまったというのに、外の世界が何も変わっていないように見えるのが不思議だった。地下鉄は混んでいたし、ビルの間は強い風が吹き抜けていたし、鞄は相変わらず留め金が半分取れかけたままになっていた。

私だけがその風景から遠ざけられ、手をのばしてもどこにも触れることができない気がした。自分の身体がいびつにしぼんでしまったようだった。試しに地下鉄の階段の手すりをじっと握ってみた。なのにいつまで待っても、その硬く無機質な感触は伝わってこなかった。ただ指は暗い宙をさ迷っているだけだった。スーツ姿の若い男が後ろから私にぶつかり、ちぇっ、と舌打ちして階段を駆け上がっていった。

カメラマンが宝石の写真を撮っている間、私は広報の女性から話を聞いた。新作コレクションで打ち出すテーマは？　ターゲットにする女性像は？　ジュエリーが人間に果たす役割とは？

目にサファイアの入ったピューマの指輪をはめたその女性は、よどみなくてきぱきと喋った。喋りながらパンフレットを広げ、ショーケースの鍵を開け、宝石をテーブルじゅうに並べた。ホワイトゴールドでできたピューマのしっぽは、彼女の薬指に何重にも巻き付いていた。カメラマンのシャッターを押す音が、絶え間なく聞こえた。真新しい壁の塗料はきつい匂いを発し、ショーケースはどれも、シャンデリアの明かりを受けてきらめいていた。それがまぶしくてならなかった。目蓋《まぶた》が震え、こめかみが痛み、目を開けていられなくなった。

もしかしたら自分は、泣こうとしているのかもしれない。そう思った。私は相手に悟られないよう、眉間《みけん》を押さえ、回転するテープに意識を集中しようとした。彼女は一九二〇年代ヨーロッパ美術と融合させたブローチのデザインについて、ピューマに締め付けられた指を振りかざしながら喋り続けていた。

仕事から帰ってすぐ、クリーニング屋が仕上がった洋服を配達してきた。弘之のジャケットだった。夏の終わりに買って、秋にずっと着ていたものだった。

「ポケットに残っているものがあったんで、取っておきました。本当は受け付けた時、こちらがちゃんと調べなきゃいけないのに、どうもすみません」

クリーニング屋は頭を下げ、ビニール袋に入った紙切れを差し出した。

私はジャケットをカーテンレールに掛けた。袖口にあった染みは消え、手触りは柔らかかった。弘之がそれを着ていた姿を、いくらでも思い出すことができた。このまま眠らずに、一晩中思い出し続けていたかった。

紙切れは角がすり減り、文字は消えかかっていたが、スケートリンクの入場券だというのは分かった。大人　半日券　１２００円　と書いてあった。

「もしもし」

彰はホテルの部屋にいた。

「どうしたの？　何かあったの？」

ホテルの電話回線が混乱しているらしく、ジリジリ雑音がしていた。

「ううん。そういうわけじゃないんだけど。今、何してた？」

「ホテルの宿泊規約を朗読してた」

「またどうしてそんなことを？」

「他にするべきことが思いつかなかったからさ」

「そう……。私はルーキーのジャケットを眺めてた。クリーニング屋から返ってきたばかりで、ふっくら形が整って、中に身体が入ってるみたいなの」

彰は何も答えず、黙っていた。

「もう忌引《きびき》は残っていないんじゃないの？」

「有給休暇があるから平気だよ」

「お母様が待っていらっしゃるわ」

「もう少し、こっちにいたいんだ。迷惑かな？」

あまりにも素直な口調に、私の方が戸惑ってしまった。

「いいえ。迷惑だなんてこと、あるわけないわ。好きなだけいていいのよ」

休みなく雑音は続いていた。

「ねえ、ジャケットのポケットから、スケートリンクの入場券が出てきたんだけど、どう思う？」

「スケートリンク？」

噛み締めるように彰はその単語だけを繰り返した。

「一枚だけ？」

「そう、一枚だけ」

「兄貴と一緒に行ったことのあるリンク？」

「いいえ。一緒にスケートなんかしたことないわ。彼、運動は苦手だったじゃない。赤ん坊の頃、股関節脱臼をやったからって……」

受話器の向こうで、彰がベッドに腰を下ろす気配がした。私は何か書き込みでもないかと、入場券を裏返したり、光に透かしてみたりした。

「姉さんに内緒で、誰かと、デートしてたってこと、考えられる？」

一言一言迷いながら、彰は切り出した。

「私も、同じことを考えたわ」

正直に私は答えた。本当は券を見つけた時、最初にそう疑った。彰に電話したのも、その疑いについて聞きたかったからだ。でも自分から言い出す勇気がなかった。

「三十の男が、一人でスケート場へなんか行くわけないものね」

「そうとは限らないさ」

「日曜に一人で出掛けたり、連絡もなく帰りが遅かったりしたこともあるけど、怪しいなんて思わなかったわ。遊びで女性と付き合うような人じゃなかったもの。もし仮に、スケート好きの女の子とデートしてたとしても、大した問題じゃないわ。ね、そうでしょ？　ルーキーは死んでしまったんだから」

いつでも話はそこへ返ってくる。死んだ……という言葉を口にするたび、私はびくびくしてしまう。

「明日、朝一番にそのスケートリンクへ行ってみない？」

彰が言った。

「何のために？　女の子を探すため？」

「違うよ。一緒にスケートをするのさ」

「悪いけど、今はとてもそんな気分にはなれない。それに私、スケートなんてできないもの」

「僕が教えてあげるよ。ルーキーも書いてたじゃないか。〝凍ったばかりの明け方の湖〟って」

リンクの上にまだ客の姿は一人もなかった。整氷車がタイヤの下のブラシを回転させながら走っているだけだった。

私はマフラーをしてこなかったのを後悔した。ここがこんなに寒いところとは知らなかった。

駅の反対側にさびれたスケート場があるのは以前から気づいていたが、入るのは初めてだった。看板には錆《さび》が浮いているし、入口はいつも薄暗くひっそりとしていたから、閉鎖されているのだと思っていた。

楕円形のリンクはたいして広くはなく、周囲にコンクリートのベンチが巡らせてあるだけで、他には何の飾り気もなかった。喫茶室もお土産屋も、可愛いコスチュームをつけたフィギュア選手も見当たらなかった。天井は黒ずんだ鉄筋がむき出しになり、照明は薄ぼんやりして頼りなかった。壁には所々、移動サーカスや植木市や幼稚園のバザーのお知らせが貼ってあったが、どれも日にちが過ぎていた。

「さあ、まず最初に靴を借りるんだ。サイズは何センチ？」

慣れた様子で彰は私をカウンターへ引っ張っていった。

「23よ」

「うん、分かった。じゃあ、23を一足と、27を一足、お願いします」

係の女性は返事もせず、靴を二足カウンターの上にごろんと置いた。彰は、弘之と同じサイズだった。

氷の上に立ったとたんバランスを崩してしまい、私は手すりにつかまった。数えきれない人々が触れた手すりは、掌の脂が染み込んで黒光りしていた。

「本当にスケート初めてなんだね」

彰は私を置いて勝手に滑っていった。本物のフィギュア選手のように上手だった。上半身をかがめ、両足を交互に滑らせ、エッジを傾けて急なカーブを切ったり、ふわりと回転して方向を変えたりした。身体のどこにも力など入っていないようなのに、髪がなびくほどスピードがあった。

相変わらず私たち二人きりだった。氷の削れる気持のいい音が聞こえた。

「姉さん、真ん中に出ておいでよ。手すりにつかまってたら、いつまでたってもうまくならないよ」

向こうの端から彰が呼び掛けていた。冷気に包まれた声は天井で弾け、幾重にも響き渡った。

どうにかして私は前へ進もうとしたが、うまくできなかった。足はもたもたするばかりで思い通りに動かないし、両手をどんな形にしてもバランスが取れなかった。

「思い切って身体を前へ傾けるんだ。そうすれば自然と足が前へ出るよ。ほら、こんなふうに」

彰はお手本を見せた。わざとふざけて片足で滑ったりした。でも転ばなかった。

初めて霊安室で会った時と同じ服を着ていた。着古したコールテンのズボンに、毛玉だらけの黒いセーターだ。氷の上で見ると、色白なのが目立った。サラサラした髪はすぐに彼の横顔を隠してしまった。

どうして自分はこんな不格好な姿でスケートリンクなんかにいるのだろうと、私は思った。彰はリンクを時計回りに何周も滑った。楽しそうにさえ見えた。ぽつぽつとお客が入りはじめ、いつの間にか音楽が流れていた。時代遅れの映画音楽か何かだった。独りぼっちの人などいなかった。誰もが恋人やお父さんや友だちと手をつないでいた。自分が救いようもなく場違いなところに、迷い込んでしまった気がした。

弘之もここへ来たのだろうか。27の靴をはいて、入場券の半券をポケットに入れて、この手すりを握ったのだろうか。

「立ってるだけじゃつまらないよ。さあ、向こうへ行こう」

彰が隣に滑り込んできた。息が弾んでいた。

「楽しむつもりなんてないわ」

私は言った。

「楽しいことなんて、もう起こらないのよ」

私は顔をそらし、靴の先でアクリルの仕切り板を蹴った。思ったより大きな音がした。リンクを出ようとする私の肩を、彰は押しとどめた。

「そんなの哀しすぎるよ、姉さん」

吐く息が白かった。

そのまま彼は腕を取り、私を手すりから引き離した。強引な仕草ではなかったのに、身体が自然に動いてしまった。

「足をもっと強く蹴って。そうそう。その調子さ」

転ばないためには、彰の手を強く握らないといけなかった。私がどんなによろけようと、彼はびくともしなかった。次々とみんなが私たちの横をすり抜けていった。

「少しスピードを上げるよ。重心を前に移すんだ。ほら、できるじゃない。初めてにしては上出来だよ」

私たちは一緒にリンクを回った。彰はずっと私を誉《ほ》め続けた。誰かにぶつかりそうになると、空いた空間へすっと導いた。つながっているのは手だけなのに、身体中の力が彼に委ねられてしまったようだった。

毛糸の帽子をすっぽり額までかぶった、小さな男の子がいた。手すりにもたれ、顔を寄せ合っているカップルがいた。女子学生が転び、悲鳴を上げた。それを見て何人かが笑いながら野次を飛ばした。

彰の表情や仕草を見て弘之を思い出すのは、やめようと決心したはずだった。けれど匂いだけはどうしようもなかった。彰は弘之と同じ匂いがした。

本当はもっと前から気づいていたのだが、認めるのを避けていた。目を閉じた瞬間その匂いをかいで、はっとして目を開け、落胆するのが辛かったから。

正確に言えば、匂いというほどはっきりした感覚ではなく、胸の奥を一瞬だけよぎる、もっと微かな気配のようなものだ。生温かく、もの静かで、ほんの少しだけ樹木の香りに似ている。二人で並んで歩きながら彼がふとこちらを見やる時、風でもつれた髪を直してくれる時、あるいは裸の胸に耳を寄せる時感じたこの気配を、私は何度も記憶してきた。

彰のスケート靴が削る氷が、私の足首に飛び散った。肩と腕がぶつかり、黒いセーターが頬を撫でた。ごまかしようもなく、同じ匂いだった。

「上手なのね」

滑り続けながら私は言った。

「子供の頃、ルーキーに教えてもらったからね」

彰は答えた。

えっ、と私は聞き返した。

「ルーキーはスケートが得意だったんだ。算数で満点取っても、作文で金賞もらっても、ちっとも自慢そうにしなかったけど、僕とスケートリンクで遊ぶ時だけは、とっても得意げだった。誰に教わったわけでもないのに、スピンだってジャンプだってできた。ルーキーが滑ってると、みんなが〝ほー〟って感嘆の声を上げるんだ。それで僕まで得意な気分になれた。だんだんみんな、周りに集まってきて、気がつくと僕たちはいつもリンクの中央にいる。そこを、スポットライトを浴びるプロスケーターみたいに滑るんだ」

彰は握る手に力を込め、リンクの角を素早く回った。

「股関節脱臼っていうのは、嘘なのね」

「うん」

しばらく間をあけてから、彼は答えた。

「でも、そんなの大した嘘じゃないよ。両親が溜め池に落ちて水死したっていう嘘に比べればさ」

確かにその通りだ。弘之が作り上げた物語の、ささやかな一行にすぎない。

「家から自転車で二十分くらい行ったところに、スケートリンクがあったんだ。自動車教習所の隣にある、小さなリンク。でも夏でもちゃんと営業してた。ここに雰囲気が似てるなあ。壁の色とか、光の加減とか、氷の硬さとか。お小遣いをためて、一カ月に一回か二回、親には内緒でこっそり行くんだ」

「どうして内緒なの？」

「母親はとにかく寒い場所が嫌いなのさ。風邪をひくから駄目だって。父親はただ一言。〝スケート場なんてものは不良が行くところだ〟。まあ、すべてにおいて、こんな調子だったからね」

「厳しいお家だったのね」

「そういう言い方もできる。でもルーキーはスケートだけは譲らなかったなあ。どんなに禁止されても、目を盗んで滑るんだ。そして必ず僕も一緒に連れて行ってくれた。ばれるんじゃないかってひやひやしたよ。濡れたズボンをドライヤーでこっそり乾かしたりしてさ。スケートリンクにいるルーキーが、僕は一番好きだった」

「だから私にも内緒にしてたのかしら」

「どういう意味？」

「スケートは内緒でやるもんだっていう習慣が、身についちゃってたのよ」

私は彰の手を解き、手すりに身体を預けた。寒すぎて胸がひきつれるようだった。

「あなたが一番好きな姿を、私には一度も見せてくれなかったのよ」

彰は乱れた髪をかき上げ、長い息を吐いた。耳が赤く染まり、かじかんでいるのが分かった。

「もう一周だけしようよ。ね、お願いだからさ」

ふざけて彰は、ダンスに誘うようにうやうやしく手を差し伸べた。

「初めて兄貴に会った時、どう思った？」

「そうねえ……」

もったいぶって私は紙コップのコーヒーを揺らし、ゆっくりと一口飲み込んだ。本当はその質問にはすぐ答えられた。あの日のことを、忘れるはずがなかった。

「変に思わないでね」

彰はうなずいた。

「自分は選ばれた人間なんだって、感じたのよ」

さっきからリンクの人の数はちっとも増えていなかった。貸し靴カウンターのおばさんは、相変わらず不機嫌そうな顔でぼんやりしていた。コンクリートのベンチは氷の上より冷たかった。続きの言葉を聞こうと、彰はじっとこちらを見ていた。

「この人に出会えるなんて、私は神様から特別に選ばれた人間に違いない。そう思ったの。……おかしいわね」

私は紙コップをベンチの下に置き、足を組み替えた。慣れないスケート靴を脱いだばかりで、爪先がじんじんした。

女性誌の香水特集の取材で工房を訪れた時、弘之は調香室にいた。三年ほど前の話だ。膝まで隠れる長い白衣を着て、作業台の前に座り、小瓶の中身を秤《はかり》にのせたり、細長い紙を液体に浸して鼻に近づけたり、数字をメモしたりしていた。

私がソファーで玲子先生に話を聞いている間も、変わらず作業を続けていた。こちらに視線を向けなかったし、声も掛けてこなかった。私はまだそこが調香室だと知らなかったから、あれは特殊なガラスで、音も通さないし、向こうからは何も見えないのだろうと思った。はじめから弘之は、とても遠い場所にいた。

後日、特集記事のゲラをチェックしてもらうため再び工房を訪れると、玲子先生は留守で弘之一人しかいなかった。

「ここは写真が入れ替わってますね。それからこれは、ヘリトオロープじゃなくて、ヘリオトロープです。キダチルリソウから採った香料です。エキゾチックな匂いがします」

二、三間違いを指摘しおえると、弘之はゲラをテーブルに置き、すっと口をつぐんだきり、あとは自分からは何も喋ろうとしなかった。「先生はもうじき帰ってきます」とも、「雑誌の発売はいつですか」とも、「暑いですね」とも言わなかった。

生まれて初めて味わう種類の沈黙だった。決してよそよそしくはなかった。無理に言葉を探す必要などなく、しんとしているはずなのに、鼓膜の底を空気がせせらぎのように流れてゆく、居心地のいい沈黙だった。

彼の身体そのものが、あの特殊なガラスで包まれているんじゃないかしら、と私は思った。この人のそばにいれば、余計な言葉を聞かなくてすむ。彼の沈黙の中に、自分を埋めることができる、と。

「その匂い紙を、かがせてもらっても、いいでしょうか」

私は言った。自分の声がガラスの中へ吸い込まれてゆくのが分かった。

「ムエットのことですね。もちろん、構いません」

私の知らない美しい言葉を弘之は口にした。そして一枚のムエットを、私の前へ差し出した。鼻の感覚があれほど研《と》ぎ澄まされたことはなかった。全身の血液が鼻の粘膜に流れ込んでくるようだった。あまりに緊張しすぎて痛いほどだった。

彼の手がすぐ目の前にあった。匂い紙ではなく、この手をかぎたいと、私は願った。

「それでは、どうもご苦労様でした」

別れ際、彼はそう言った。

「お邪魔じゃなかったら、またいつか、伺ってもよろしいでしょうか」

ここでさよならの挨拶をしたら、すべてが終わってしまうと思うと、怖くてならなかった。黙って彼はうなずいた。

工房のドアが閉まった。

弘之の姿が消えたとたん、私を囲む空気の色も温度も手触りも、すべてが変わった。マンションの通路にたたずみ、私は何度かまばたきした。確かにもう弘之はいなかった。最初から存在していないもののように、姿を消していた。ただ圧倒的な空洞がそこにあるだけだった。試しにドアを撫でてみたが、無駄だった。

出会った時から私は、彼のいる世界と、いない世界の落差を知ってしまったのだ。

「おかしくなんかないさ」

彰は言った。空になった紙コップを潰し、ごみ箱へ投げた。それは縁にぶつかって、うまく中へ落ちた。

「姉さんの言うとおりだ」

彰は頬杖をつき、リンクを見下ろした。ベンチの下にはガムの包装紙やジュースの空缶や、弘之が持っていたのと同じ入場券の切れ端が落ちていた。BGMのボリュームが上がり、リズムが速くなった。

「スケートリンクって、どこでもこんな匂いがするの？」

私は尋ねた。

「透明な風が吹き抜けて、さあーっと水面が静まり返って、あたりが一瞬のうちに凍りつく、そんな湖の匂い」

「僕も今、そのことを考えてたよ」

二人の声はすぐさま、反響するざわめきに飲み込まれていった。

「ルーキーと一緒に遊んだスケートリンクと、ここは同じ匂いがする」

香水を作るヒントを求めて、弘之はここへ来たのだろうか。ただ子供時代を懐かしむためだけだったのだろうか。ならばどうして、私を一緒に連れてきてはくれなかったのだろう。

「おじちゃん」

不意にリンクから声が聞こえた。六つくらいの女の子だった。フワフワする白いリボンを頭に結び、チェック模様のズボンをはき、鎖編みでつながったピンクのミトンを首からぶら下げていた。

「おじちゃん、目隠し滑りをやってよ」

彰は頬杖をはずし、「うーん」と言って口ごもり、どういうことか助けを求めるように少女と私を交互に見やった。少女は手すりにつかまりながらも、少しもじっとはしていられないというふうで、スケート靴で氷に8の字を書いていた。

「お嬢ちゃん、上手ね。よく来るの？」

私が声を掛けてみた。

「どうもありがとう。毎日滑ってるわ」

ませた口調で彼女は答えた。頬は赤くほてり、前髪が汗で額に張りついていた。

「今度は必ずやってよ。約束よ」

そう言い残して少女は、彰に手を振り、遠ざかっていった。ミトンがゆらゆら揺れていた。

4

弘之の鼻は美しかった。その働きのすばらしさに似合う形をしていた。ただ高いというだけではない。バランスが取れ、気品があった。骨は真っすぐ隆起し、皮膚は滑らかで、光の加減によって小鼻のところに表情豊かな影が差した。

「どうして神様は、こんな美しい形を人間の身体に授けたのかしら」

ベッドの中で、彼の鼻を眺めるのが私は好きだった。鎖骨の上に掌を載せ、唇で肩先に触れながら視線を上げると、それが一番素敵な角度だった。

「僕はキリンを見るたびに同じことを考えるよ」

弘之は言った。

「どうしてこんな長い首をお作りになったんだろうってね」

そして二人でくすくす笑った。

初めてのデートの日、彼は一時間半遅刻してきた。一緒に自然史博物館へ行く約束をし、駅前の喫茶店で待ち合わせした。最初の一時間は、やっぱり私は嫌われているのだ、こういうやり方で拒絶されているのだ、と思った。次の三十分私を支配したのは、彼はもうこの世にいないのかもしれないという妄想だった。こちらの方が耐えがたかった。横断歩道でひき逃げされる。プラットホームから突き落とされる。くも膜下出血で倒れる。通り魔に刺される。……いくらでも想像することができた。その場面に必ず出てくるのが、潰れて血だらけになった鼻だった。彼が死ぬ時は、鼻の形も失われるはずだと、私は思い込んでいた。

たまらなくなって席を立ち、駅へ向かった。帰りの切符を買おうとした時、弘之が後ろから肩を叩いた。

遅れた理由は何だったろう。そんなことはもう忘れてしまった。礼儀正しく彼は謝った。調香室のガラスの内側から、両手でそっと言葉を差し出すように謝った。

「喫茶店に駆け込んだら、もう姿が見えなかったから、駅に向かったんだろうと思って追い掛けたんだ」

「どうして間に合うって、分かったの？」

「レジに君の香りが残っていたからさ。まだ遠くには行ってないと思った」

「私の香り？　それがあなたに分かるの？」

「もちろんだよ」

目の前にいなくても、彼は私を見つけてしまう。そのことがどんなに私を幸福な気分にしたか。

霊安室で弘之の鼻は、少しも損なわれてなどいなかった。まるでそこだけは、まだ生きているかのようだった。

自然史博物館にはマンモスの部屋があった。実物大の親子のマンモスが、草むらに立っていた。ボタンを押すと、親は鳴き声を上げながら耳を動かし、子供は身体をすり寄せて甘える真似をした。ガラス玉の目もちゃんと動いた。実際そういうものなのか、手入れが行き届いていないせいなのか、身体を覆う毛は埃を含んでくたびれたモップみたいだった。この部屋に流す氷河時代の匂いを作ったのが玲子先生だった。

「あなたもお手伝いしたの？」

弘之は首を横に振った。

「匂いを作るのはとても個人的な作業だからね。僕が手伝えることなんて何もないんだ」

「どんな手順でやるのかしら。見当もつかないわ」

「マンモスの毛や皮膚の組織、当時の土壌の成分、生えている植物の種類なんかを調べて、そこから調合していくんだ。自分の匂いの情報と、氷河時代のイメージをうまく組み合わせてね」

「でも、そんなに苦労した割りには、大して匂いなんかしないんだけど」

「そうかい？」

弘之はもう一度マンモスのボタンを押した。よく見るとお尻のところは毛が擦り切れて、土台の針金がのぞいていた。鳴き声はかすれて哀しそうだった。

「君はね、やはり物を書く人の香りがするよ」

「嫌な匂い？」

「ううん。その反対さ。ベースは紙だね。びっしり言葉の詰まった、使い込まれたノート。書庫の片隅に保管されている分厚い資料。人影のまばらな昼下がりの本屋。そこに鉛筆の芯と、消しゴムを混ぜた感じかな」

「初対面の人の職業が、分かったりするの？」

「時によってね。電車で隣り合わせただけなのに、朝食のメニューや、さっきまでいた場所の雰囲気が読み取れたりすることもある。あっ、彼女は今朝、ケチャップを塗った目玉焼きを食べたなとか。このおじさんは徹夜明けでサウナに入ってきたところだ、とか」

「まるで予言者みたいね」

「予言者なんかじゃないさ。だって未来は予測できないからね。香りはいつだって、過去の中だけにあるものなんだ」

マンモスの子供がまたガラスの目を動かし、私を見つめた。彼らは疲れを知らず、何度でも同じ声で鳴いた。

月曜の朝、もう一度一人でスケートリンクへ行ってみた。開場時間前で、切符売場には誰もいなかったが、入口は開け放たれていたので黙って中へ入った。

リンクの上を一台整氷車が動き回っていた。磨き残しがないよう、何重もの円を描いていた。四角い動物がうな垂れて、思索にふけっているように見えた。

照明は半分が消されたままで、足元は薄暗かった。時折風が吹き込み、入口のドアを軋ませた。今度は忘れず、マフラーを巻いてきた。

「十時からじゃなきゃ、滑れないよ」

ベンチを掃除していた老人が言った。

「ごめんなさい。滑りに来たんじゃないんです。散歩の途中に、ちょっと寄り道しただけなんです。ドアが開けっぱなしになっていたものですから。すぐに出ていきます」

あわてて私は立ち上がった。

「いいよ、いいよ。ゆっくりしていきゃいいさ。何も追い出すつもりで言ったんじゃないんだ」

老人はほつれてボロボロになった雑巾で、ベンチを拭いた。そんなもので拭いたら余計汚れそうだったが、老人は丹念に作業を続けた。

「あれ、昨日ルーキーと一緒に来てた人じゃないか……」

ふっと気がついたように、老人は手を止めた。

「ルーキー?」

確かに今、この人はそう言った。秘密の呼び名を口にした。

鼓動がどんどん速くなるのが分かった。何か言わなければと思った。なのに唇が震えてうまく言葉が出てこなかった。私はマフラーをきつく締め直した。

「いいえ。昨日一緒にいたのは、彼じゃありません」

「本当？　おかしいなあ。事務所からちらっと見ただけだけど、あれは絶対ルーキーだったなあ。連れがいるのは初めてだから、おやって思ったんだ。二人でちょうどこのへんに座ってたでしょ？　最近姿を見せないんで、心配してたんですよ」

「あれは、ルーキーの弟です」

「弟？　ああ、そうか。どうりで間違うはずだ」

「でも、全然似てないわ……」

「そんなことないよ。そっくりじゃないか」

老人は濡れた手を作業ズボンの脇でぬぐった。頭は半ば禿げ上がり、口元は白髪交じりの髭で覆われていた。

私は尋ねた。

「ルーキーのこと、ご存じなんですね」

「うん、友だちだよ」

あっさりと、彼は答えた。

「あの人、しょっちゅうここへ来てたんでしょうか」

「そうねえ、月に二、三回かな。週末が多いね。金曜の夜とか、日曜の午後とか」

「一人で？」

「いつも一人」

「ここで一体、何をしてたんでしょう」

「スケートに決まってるじゃないか、お嬢さん。ここはスケートリンクだよ」

髭をひくひくさせながら、老人は笑った。マフラーのせいで首が苦しかった。でも寒気は一向におさまらなかった。

「でもルーキーの場合、ちょっと特別だな。普通の客とは違う。スケートの芸人だからね」

ゲイニンという言葉の意味がなかなか浮かんでこなかった。落ち着こうとして私は、コートのポケットから手を出し、息を吹き掛けた。

「最初は普通に滑ってたんだが、ルーキーはとにかくいろんな曲芸滑りができるもんで、だんだん評判になっていった。で、うちのボスが許可して、ショータイムを持つようになったんだ。ルーキーの好きな時間に来て、十五分かそこら曲芸を見せて、お客からチップをもらうわけよ。ルーキーは場所代としてそのうち二割をボスに払う。評判いいよ。ルーキーを目当てに来るお客も結構いるしね。スケートが上手《うま》いだけじゃなくて、表情に愛敬があるし、人を引き付ける話術を持ってるんだ。本職は何か知らないけど、セールスマンか、役者の卵か、そんなところじゃないの?」

「いいえ、違います。……曲芸滑りって、一体何なんです?」

「お嬢さん、弟と親しい割りには、ルーキーのこと何にも知らないんだね。前宙返り、後ろ宙返りなんて楽なもんだね。あとは椅子を二つ三つ積み重ねて、ぐらぐらしているところを跳び箱みたいにジャンプしたり、皿回ししながらスピンしたり、一番人気があるのは、お客の一人にカラースプレーで氷に好きな図形を描かせる。その上を目隠しして、はみ出さないように片足で滑るんだ」

老人は自慢そうに喋った。

「そんなことができるんでしょうか」

「ああ、できるとも。お客は面白がってわざと複雑な形を描くんだ。曲がりくねってぐにゃぐにゃした形をね。するとルーキーはおもむろに腕時計をはずして、近くの客に渡す。『申し訳ございませんが、私に三十秒だけお時間をいただけませんでしょうか。その三十秒で、この図形を目蓋の裏に焼き付けますので』そう言うんだ。両手を腰にあてがい、顎を引いて、一心に図形を見つめる。三十秒の沈黙の間に客たちの好奇心もずんずん高まるわけだ。で、いよいよ時間になると、ポケットからチーフを取り出し、集まった中で一番美しい女性にそれを渡して目隠ししてもらう。『お嬢さん、お願いできますか？』って、アラン・ドロンみたいな甘い声でささやくのよ。何回もその曲芸滑りは見てるけど、三センチとはみ出すことはないなあ。うまいもんだ。最初のうちは、いかさまやってるんだろうと思ってたけど、そうじゃない。ルーキーは本当に滑れるんだ。その場で図形を頭にたたき込んで、氷の上に正確に再現できるのさ。観客は、ほーっと感嘆の声を上げて、拍手喝采する。ルーキーは目隠しをはずすと、気取ってお辞儀して、さっきチーフを結んでくれたお嬢さんのところへ滑っていって、手の甲にキスするんだ。王女様をもてなすみたいに、うやうやしくね。ルーキーがやると絵になるんだな。色男だからな、ルーキーは」

老人は惜し気もなく、ルーキーという呼び名を使った。雑巾で濡れた自分の手に、キスする真似をしてみせた。私はバケツの中の濁った水を見つめていた。

「これで終わったと思ったらいけないよ。ルーキーにはもう一つ得意技があった。最後、お客が野球帽にお金を投げ込む。集まったそのお金を、ほんの一秒か二秒のぞいただけで、全部でいくらあるか言い当てるんだ。たいした金額じゃないよ。四、五千円ってとこだ。でも十円玉もあれば、千円札もある。二つ折りになったお札の間に、コインが隠れていることだってある。なのに毎回、一円だって間違えないんだ。ここで再び拍手喝采となって、気前よくなったお客がまたお金を投げるってわけさ」

間違いない。絶対にルーキーだと、私は確信した。彼には計算するという概念がなかった。あの人にとって数字は風景のようなものだった。空を横切る鳥を見上げたり、道端の花に目をやったりするのと同じように、数字を足したり掛け合わせたりすることができたのだ。

「それにしても、あのエッジさばきは、ほれぼれするよ。長年スケートリンクで働いてきたけど、ルーキーほどきれいな滑りをする人は滅多にいないなあ……。ああ、すっかり長話してしまった。こんなところで油売ってる場合じゃなかった。ゆっくり散歩していきなよ。開場まで、まだちょっとあるからさ」

「ありがとうございます」

私はお辞儀をした。

「お礼を言われるほどのことでもないさ。じゃあ」

老人は照れ笑いを浮かべ、ベンチの下に落ちたチョコレートの銀紙を拾った。実は……と言い掛けた私の言葉をさえぎるように、バケツを持ち上げ、事務所の方へ歩いていった。バケツが重すぎるせいなのか、足を引きずっていた。

ルーキーがここでスケートをしていた。見知らぬ人々に囲まれ、好奇に満ちた視線を浴び、拍手と歓声に包まれていた。

私は手すりにもたれ掛かり、誰もいないリンクを見やった。いつの間にか整氷車は姿を消していた。磨き上げられたばかりの氷は、しんと息をひそめていた。

お金に困っていたのだろうか。そんなはずはない。フリーライターの収入と、彼の給料で十分に暮らしてゆけた。私たちは贅沢なものを何一つ望まなかったし、必要ともしなかった。たかだか数千円の内緒のお金が、一体何の役に立ったというのだろう。私は首を横に振った。指先がかじかんで、すっかり感覚を失っていた。

スケートをする彼の姿を、私は懸命に思い描こうとした。ルーキーは氷の上の図形を暗記する。もしかしたらそれは、調香室で香りをかいでいる姿に似ているのかもしれない。まばたきさえせずに、神経を集中させ、私には届かない意識の深い底へ下りてゆく。

次に彼は一番の美女を選び出す。ポケットから取り出されるのは、皺一つない清潔な絹のチーフだ。洋服ダンスの左端の引き出しに、畳んでしまってあった。選ばれた女ははにかみながら、それを三つ折りにし、彼の目を覆い隠す。ルーキーは女の手が届きやすいように、膝を曲げたかもしれない。二人は息が吹き掛かるほど顔を寄せ合い、女は彼の髪に触れる。

いよいよ図形の上を滑る。27の古びたスケート靴も、彼のしなやかな足首を包むと、特別にあつらえた高級品に見える。

ルーキーの足首？　私はそれを目にしたことがあっただろうか。きっと何度もあったはずだ。朝、靴下をはく時、足の爪を切る時、ベッドで愛し合う時……。なのに私はその形が思い出せない。

ルーキーは両手でバランスを取り、慎重にエッジの角度を変えてゆく。決してはみ出さない。彼自身が定めた分類法に、何物も背かなかったように。あらゆる匂いの種類を、決して間違えなかったように。

氷の削れる音だけがあたりに漂う。観客は息を飲み、我慢しきれずに驚きの声を漏らす。彼は動揺することなく、唇を固く結び、背筋を伸ばし、平然とカラースプレーの跡をなぞってゆく。頭の後ろで結んだチーフの端が微かに揺れる。そしてとうとう、エッジは最後までたどり着く。

ルーキーが行きずりの人たちから注目されたいと願うなんて。そのために自分の身体を見せ物にし、愛想笑いを振りまいたり、芝居がかった仕草で女の人にキスしたりするなんて、とても信じられない。

私はリンクに背を向け、目を閉じた。目蓋までが冷たくなっていた。ルーキーはいつだって調香室のガラスの中に閉じこもっていた。その中へ入れるのは、私一人だけのはずだったのに。

「ねえ、ねえ」

誰かが私を呼んでいた。

「ねえ、ってば」

舌足らずの甘えた声だった。振り向くと、昨日ここで会った女の子だった。やはりピンクのミトンを首からぶら下げていた。

「今日はおじちゃんと一緒じゃないの？」

スケート靴をはき、もう一周か二周滑ってきたようで、息が弾んでいた。

「うん」

私はうなずいた。

「なんだ……」

いかにも残念そうに少女はつぶやき、エッジの先で氷をつついた。

「今度目隠し滑りをやる時は、絶対私にカラースプレーで形を描かせてね。そうお願いしておいて。絶対よ。約束よ」

少女は手すりから身を乗り出し、何度も念押しした。

「分かった。伝えるわ」

と、私は答えた。

5

プラハ二日めの朝、ホテルへ迎えに来たのは、やはりジェニャックだった。昨夜と同じ革のジャンパーを着ていた。フロントカウンターにもたれ掛かり、ユニセフの募金箱をいじっていた。私に気づくと、口元にだけ笑みを浮かべた。

「日本語のガイドさんは……」

念のため私は言ってみたが、案の定、進展はなかった。

カウンターの内側で、ホテルの女主人が何か言った。チェコ語に片言《かたこと》の英語が混じっているようだったが、意味は分からなかった。

続けてジェニャックも、遠慮気味に口を開いた。でもそのあとは、ただ沈黙が続くだけだった。ジェニャックはまた意味もなく募金箱に指をはわせ、女主人は私と彼の顔を交互に見比べた。

ホテルの前の路地には、黄色いゴミ収集車が停まっていた。隣はレストランの裏口になっているらしく、コックが野菜を運び入れていた。狭いフロントは日当たりが悪く、朝なのに薄暗かった。

「よろしい。こうしましょう」

たぶん、そう言ったのだと思う。突然、女主人がカウンターを覆いつくすほど大きな、プラハ市内の地図を引っ張りだした。

真ん中にヴルタヴァ川が流れ、左手には森が広がっていた。折り目は擦り切れ、あちこちに赤鉛筆で丸印がつけてあったり、書き込みがしてあったりした。

彼女は私の人差し指をつかみ、地図の上をいくつも指差した。プラハ城、黄金小路、ヴァルトシュテイン宮殿、ロレッタ教会、スメタナ博物館、旧ユダヤ人墓地、火薬塔……。

「これさえあれば大丈夫。どこでも押さえるだけで、彼が連れて行ってくれる」

彼女は何度もうなずき、地図を折り畳んで私に渡そうとした。

「違うんです。観光に来たんじゃないんです。十五年前、プラハを訪れたと思われる恋人のことを調べに来たんです。彼がここで十日間、どんなふうに過ごしたか、彼を覚えている人はいないか、そういうことが知りたくて……」

女主人は私が遠慮していると思ったらしく、地図を無理矢理バッグのポケットに押し込み、「いいのよ。いいのよ」というふうに、私の手を撫でた。ジェニャックは相変わらず控えめにたたずんでいた。

今朝起きた時は、ちゃんとしたガイドが来なければ、チェドック旅行公社に文句を言うつもりでいたのに、だんだんその気がそがれてきた。彼らに分かるはずのない言葉を並べ立てている自分が、むしろ滑稽に思えてきた。わざわざこんな所まで弘之の幻を追い掛けてきた理由を、自分に言い訳しているだけなのだ、という気がした。

「ええ、分かりました。これはありがたく、お借りします」

私は地図をきちんとバッグにおさめた。女主人は満足そうに微笑んだ。

十六歳の弘之が日本の高校生の代表としてチェコに招待された事実を示す証拠は、ほとんど残されていなかった。彰と一緒に実家をくまなく調べたが、たいした成果はなかった。当時小学生で、父親と留守番していた彰の記憶はあいまいだし、弘之と同行したはずの母親は、精神を病み、自分の記憶を正しい言葉で語ることができなくなっていた。

「図書館へ行きたいの」

旧市街広場に停めた車まで歩く途中、私はジェニャックに言った。

「図書館よ、分かる?」

ジェニャックはバッグの地図を指差し、それを使えばいいじゃないですか、という目でこちらを見た。

「場所が分からないから苦労してるの。国立でも市立でも大学の図書館でもいいのよ。本や雑誌や新聞がいっぱいあって、みんなが自由に読書したり調べ物をしたりする所。分かるでしょ? あなただって行ったことあると思うわ」

広場には既に人が集まっていた。カフェのテラスはオープンし、客の足元で鳩がパン屑をついばんでいた。待ち合わせなのか、ヤン・フス像の台座の階段には、若者のグループがぼんやり腰掛けていた。朝日が旧市庁舎の天文時計を照らし、向かいのティーン教会は影の中に沈んでいた。その朝日と影の境目を斜めに横切り、私たちはワゴン車に乗り込んだ。

「そこへ連れて行って。ほら、こんなふうに、本が棚にずらっと並んでいる所よ」

私は手元にあったガイドブックを持ち上げ、本棚に立て掛ける真似をした。

「アー、アノ、アノ」

理解できたことがうれしくてならないというふうに、ジェニャックはうなずき、ワゴン車のハンドルを小さく叩いた。

石畳の道をワゴン車は揺れながら走った。いくつもいくつも、教会があった。みなそれぞれ違う形をした塔を持っていた。たいてい黒く煤《すす》けていたが、輪郭の美しさは損なわれていなかった。どんなに小さな塔にも、それにふさわしい装飾がなされていた。どこにも省略がなかった。この世で考えつく限りの、あらゆる輪郭が塔を形づくっていた。

空にはひとかけらの雲もなく、ずっと遠くまで青色が続いていた。昨日の夜、湿り気を帯びていたように見えた空気は、もうすっかり乾いていた。

隣を路面電車が追い越していった。アーチ型にくりぬかれた建物の中を通り過ぎ、渋滞した交差点を曲がり、鉄道の高架下をくぐった。川沿いにしばらく進んで、橋を渡った。左手にカレル橋が見えた。朝が早いせいか、遊覧船は岸につながれていた。いくら光が照りつけても、水面はすりガラスのように不透明なままで、川の中を見通すことはできなかった。流れなどないようなのに、橋脚にぶつかった川は水しぶきを上げ、その音が車の中にも届いてきた。

弘之もこの音を聞いただろうか。そう思ったとたん、風景の感触がすべて変わってしまった。塔の輪郭も、空の青色も、川の流れも、私の指先から遠ざかっていった。長い旅をしてきたのに、弘之のいなくなった空洞は相変わらずそこにあった。じっとして動かず、息をひそめ、圧倒的な不在を水のようにたたえていた。

気持を落ち着けようとして、私は窓ガラスに頬を寄せ、目を伏せた。冷たいガラスだった。悲しみの発作が起こった時どうしたらいいのか、まだ方法が分からなかった。周りの人が驚くのも構わず大声で叫びたくなることもあったし、自分の胸に包丁を突き立てたくなることもあった。叫びながら、あるいは血液なら、その空洞を埋めてくれるかもしれないと思った。けれどそんなことをしても、何の役にも立たないと、私はよく知っていた。

外側の私は泣きじゃくっているというのに、心の中の私は、途方に暮れ、ただ空洞の縁にたたずんでいるだけだ。

「リリ、リリ」

ジェニャックが言った。

「リリ、リリ」

私の名前を呼んでいるのだと気づいた。いつの間にか、車は停まっていた。ゆるやかな坂を登ってゆくと、クリーム色の壁にえび茶色の屋根の、大きな建物が見えてきた。人影はなく、あたりは緑に囲まれ、小鳥が休みなくさえずっていた。

「さあ、どうぞ」

三メートルはある扉を、ジェニャックはノブを握るだけで簡単に開けた。そこはストラホフ修道院の図書館だった。

私は中をのぞき込んだ。二階分吹き抜けになった天井までびっしり本が並び、古い紙の匂いが満ちていた。ためらっていると、ジェニャックが優しく背中に掌を当てた。歩くたび組木の床が軋み、淀んだ空気が足元にまとわりついてきた。どんな小さなすき間もなかった。豚の皮で装丁されたらしい本たちは、形が歪むほどにきつく身体を寄せ合い、事実、背表紙が取れかけているのや、綴《と》じ糸がほころびているものもあった。手垢と埃で黒ずみ、半分は題名が読み取れなかった。

書棚は金色の彫刻で縁取られ、天井はフラスコ画で装飾されていた。蠟燭《ろうそく》形のシャンデリアが放つ光は弱々しく、精度の低い窓ガラスをすり抜けた日光は、私たちのところまでは届いてこなかった。

確かにここには、私が言ったように本がずらっと並んでいた。けれど私が求める種類の図書館でないことはすぐに分かった。なのに出て行かなかったのは、いかにもジェニャックが、この人の大事な用事の邪魔になってはいけないという様子で、後ろに控えていたからだ。そしてもう一つ、弘之がフロッピーに残した言葉を、思い出したからだ。締め切った書庫。埃を含んだ光。確か、そう書いてあった。

こんなにたくさん本があるのに、ここにいるのは私たち二人きりだった。もう二度と誰の手にも触れられず、開かれることもない書物がいくらでもありそうだった。耳を澄ますと、眠りに落ちた本たちの寝息が聞こえてくる気がした。

降り積もった時間の層を乱さないよう、私はゆっくりと歩いた。時折ジェニャックが、満足してもらえたかどうか心配して、そっと私の横顔をうかがった。

所々に地球儀と天球儀が置かれていた。それにも何か動物の皮が張ってあった。奥まったコーナーには、なぜか様々な標本が展示してあった。アルマジロ、ロブスター、ナマズ、ワニ、ヒトデ、蚕……。気味の悪い形をしたものばかりだった。

壁には鳥類とも魚類ともつかない、不思議な標本が掛けてあった。頭は小さく、唇は硬く、目は暗い穴になっていた。身体は歪んだ四角形で、全身、腫瘍に冒されていた。

狂暴な貝殻が寄生しているようでもあったし、眼病に侵された白目が散らばっているようでもあった。苦しみ抜いて死んだ顔だった。

もしかしたら、ここにあるうちの一冊、薄暗い書棚の片隅で朽ちかけた一冊に、弘之の死んだ理由が書いてあるのかもしれない。その一ページは誰に読まれることもないまま、化石のように眠り続けるのだ。


外へ出た時、今までずっと息を止めていたかのような錯覚に陥り、思わず深呼吸をした。つられてジェニャックも背伸びをした。

修道院の裏庭は光にあふれていた。規則正しく植わった常緑樹と芝生とベンチがあるだけの庭だったが、見晴らしがよかった。緑に覆われたなだらかな丘の向こうに、一面街が広がっていた。風景をさえぎるものは何もなく、街の果てと空が接していた。

私はベンチに腰掛けた。初夏だというのに風はひんやりしていた。上から見ると余計、塔の形が目立ち、それらが複雑な形に空を切り取っていた。屋根はみんなおそろいのえび茶色をしていた。丘のふもとの散歩道を歩いてくるカップルが見えた。不意に木々の間から小鳥が飛び立ち、目の前を横切っていった。

本当に弘之はプラハへ来たのだろうか。狭い座席に閉じこもり、何時間もかけて飛行機に乗ってやって来たのだろうか。

私は一度も弘之と一緒に旅行したことがなかった。日帰りの海水浴を楽しんだこともなければ、紅葉を見物するためにドライブしたこともなかった。彼はひどい、乗り物恐怖症だった。

香水工房へは歩いて出勤していた。デートはたいてい近くの公園や映画館や植物園だった。待ち合わせ場所まで私は電車を使っても、彼は必ず歩いて来ていた。駅五つ分くらいなら平気だった。

最初の頃は、彼がそんなに苦労しているとは気づかなかった。早起きして二時間以上歩いたあとでも、汗はかいていなかったし、くたびれた様子も見せなかった。ついさっき電車から降りてきたかのような、爽やかな様子で現われた。私が気紛れで公園のボートに乗りたいとせがんだり、疲れたからタクシーを拾いましょうと言い出したりした時は、不自然でないもっともらしい理由をつけて逃れていた。

付き合いだして最初の彼の誕生日、私はセスナの夜間遊覧チケットをプレゼントした。

驚かそうとして当日まで黙っていた。

「たまたまこの航空会社を取材してね。ロマンティックな観光飛行があるのを教えてもらったの。セスナに乗って夜景を眺めて、そのあとフランス料理を食べるの。しかもリムジンの送迎付きよ。もう、すぐ目の前まで、迎えに来ているはずよ」

当時私の住んでいたみすぼらしいアパートの前に、リムジンは停まっていた。それは道一杯を占拠し、熊のように大きく、黒々と光っていた。手袋をはめた運転手が大仰にお辞儀した。近所の子供たちが珍しがって次々集まってきた。アパートの住人たちも窓から様子をうかがっていた。我慢できずに子供がボディに触ろうとするのを、運転手が追い払った。

弘之の表情が冴えないのは、驚いているせいだと思った。私をエスコートもしてくれず、アパートの玄関に立ちすくんだまま黙っているのは、リムジンがあまりに立派すぎて恥ずかしがっているのだと思った。

「心配しなくてもいいのよ。取材した縁で、料金は社員割引にしてもらったんだから。大丈夫」

運転手はドアをあけ、把手をつかんだまま上体をかがめ、私たちが乗るのをじっと待っていた。そのすきに子供たちは窓から中をのぞき込んだり、サイドミラーに自分の顔を映してみたりしていた。

「さあ」

私が促した時、彼は確かに車に乗ろうとして、片足を踏み出した。その瞬間、うめき声を漏らしながら崩れ落ちた。どこかにつかまろうとして両手を宙に泳がせ、誰にも助けてもらえないと気づいて絶望するように、首をうなだれ、地面に顔を埋めた。リムジンなんかよりもっと面白いものがあった、とでもいうように、子供らが一斉に私たちを取り囲んだ。

「心臓発作?」

「どこか痛いの?」

「血管が切れたんじゃない?」

「死んじゃったの?」

みんな恐ろしい言葉を平気で口にした。

結局リムジンは一人も客を乗せないまま、狭い道を苦労して通り抜けていった。

「どうして本当のことを教えてくれなかったの」

「せっかくの君のプレゼントを、ふいにしたくなかったんだ」

「あなたが病気だって知ってたら、こんな愚かなプレゼントはしなかったのに」

「言い出せなかったんだ。乗り物でパニックをおこすなんて、意気地のない奴だと思われるのが辛かった。嫌われるんじゃないかって、心配だった」

「ばかね。そんなことで嫌いになんかならないわ」

しばらくベッドで休んでいるうち、弘之は少しずつ回復してきた。手を握ると指先が冷たかった。

「いつから？」

「さあ、よく覚えていない。気がついた時は、もう、こうなっていた」

「地下鉄一駅でも、駄目なの？」

弘之はうなずいた。いつもより彼が小さく見えた。頬も胸も腰も足首も、身体中が全部しなびてしまったようだった。彼はいつまでも私の手を放さなかった。

「駄目なんだ。血の気が引いて、喉が締めつけられて、息が吐き出せなくなる。飛行機や電車はもちろん、路線バスも、ロープウェイも、メリーゴーラウンドも、何もかもが僕を苦しめる」

眉毛の縁にすり傷ができていた。髪の毛は土の匂いがした。いつまた乗り物に閉じ込められるか分からないと怯えるように、弘之は私の掌に顔を押し当てた。寝息が聞こえてくるまで、私はじっと待った。


「ねえ、あなたもこっちへ来たら?」

私はベンチの端に寄った。ジェニャックは素直に隣に腰掛けた。

「いい天気ね」

近くで見ると余計、未熟と言ってもいいほどの彼の若さが目に映った。まだたぶん、十代なのだろう。余計な脂肪はどこにもなく、肩は骨っぽく、靴の大きさだけが目立った。私が話し掛けるとすぐ恥じらいの表情を浮かべ、それをごまかそうとして何度もまばたきした。

「あなたの家はどのあたり? 川の向こう側? それとも丘に隠れて見えないあたりかしら」

「リリ」

ジェニャックは真っすぐ前を指差した。泊まっているホテルの場所を教えてくれたのかもしれない。

「私の名前はリリじゃないのよ。リョウコ。最後のアルファベットはOなの。さあ、練習してみて」

「リリ……」

好きな女の子の名前を告白させられたかのように、ジェニャックは耳を赤くした。私たちは声を出して笑った。

その時、坂道を二人連れが修道院の方へ歩いてきた。背の高い修道士と、小さな女の子だった。背伸びをするようにして、女の子はしきりに何か話し掛けていた。修道士は心持ち首を曲げ、熱心に耳を傾けていた。

頭のてっぺんで白いリボンがふわふわ揺れていた。幼い声が私たちのところへも届いてきた。チェックのズボンをはいていた。

ふと、スケートリンクで出会った女の子に似ている気がした。首にピンクのミトンをぶら下げていないか、確かめようとして振り向くと、もう二人の姿は修道院の陰に隠れて見えなくなっていた。

6

弘之がスケートリンクで秘密の仕事をしていたことが判明してから、一カ月くらいたって、私は彼の実家を訪ねた。新幹線を降り、更に三十分ほどローカル線に乗った。汽車から、弘之の父親が勤めていたという大学病院が見えた。

駅まで彰が迎えに来てくれた。さびれた商店街と田んぼと交番と学校がある、平凡な町だった。すぐ南は瀬戸内海のはずだったが、海は見えなかった。ただ風が吹くと、潮の香りがした。

途中、八百屋で無花果を買った。籠にちょうど八個入っていた。家出した日、弘之が立ち寄ったのと同じ店だった。

「ママ、兄さんの友だちが遊びに来てくれたよ」

彰は言った。母親は私の手を握り、髪を撫で、頬を両手ではさんだ。目の見えない人のように、私のあらゆる部分に触ろうとした。それから腕を広げ、身体を抱き締めた。こんなにきつく、誰かに抱き締められたことはかつてなかった。母親の骨ばった指が背中に食い込んでくるのを感じた。

「どうかルーキーに優しくしてやってね。あの子はとっても疲れやすいの。いつも頭の中で、難しいことばかり考えているから。周りの誰も思いつかないような、深遠な問題についていてね」

皺になった自分のブラウスの胸元を伸ばしながら、母親は言った。

「ええ、もちろんですわ」

と、私は答えた。

痛々しいほど痩せた女性だった。ブラウスの上からでも、鎖骨が浮き出ているのが分かった。質のいい洋服を着て、髪は上品にまとめていたが、その痩せた姿のせいでどうしようもなくやつれて見えた。

しかし何より彼女を際立たせていたのは、化粧の濃さだった。最初は、顔に痣《あざ》でもあって、それを隠そうとしているのかと思った。髪の生え際から首筋まで分厚くファンデーションを塗りたくり、さらに白粉をたっぷり振りかけ、眉毛は全部抜いてペンシルで描いてあった。目蓋はブルーとオレンジと紫に色分けされ、唇はべとべとした赤色で、時代遅れの付け睫毛《まつげ》をしていた。

　こんなに厚化粧で、顔の微妙なニュアンスなど覆い隠されているというのに、弘之とよく似ていた。一目見てすぐにそう感じた。そのことは、なぜか私を哀しくさせた。

　私たちは食堂で無花果を食べた。ナラの木でできた細長いテーブルには十脚も椅子が並んでいて、どこに座っていいのか戸惑った。テーブルの上はがらんとし、クロスも花瓶も読みかけの新聞もなかった。彰がその真ん中に、洗った無花果を置いた。私と彰が一個ずつ食べ、母親が六個食べた。

　食堂には西日が差し込んでいた。立派な彫刻が施されたキャビネットには、外国製の食器が美しく飾られていたが、もう長い間開けられていない様子だった。蝶番《ちょうつがい》がひどく錆ついていたし、表面のガラスが埃で曇っていたからだ。

　それ以外に目立った飾りは見当たらなかった。すっきり片付いているというより、ふさぎようのない空白の塊が、部屋中に散らばっているような印象だった。

「お客さんがお土産に持ってきてくれたんだよ」

　彰が言った。でも母親は何も答えず、掌にのせた無花果をただ眺めているだけだった。

重さを測っているようでもあったし、体温で温まるのを待っている様子でもあった。

「お礼を言わなくちゃいけないよ。一人で食べられるかい？」

「ええ、もちろんよ」

そう言い返すと、彼女は無花果の皮をむきはじめた。軸を折り、人差し指と親指で、皮が破れないよう少しずつ実からはがしていった。残りの指はバレリーナのような優雅な形をしていた。果汁が指先から手首を伝い、テーブルに落ちた。それでも構わず彼女は作業を続けた。そしてもうどこにも皮が残っていないことを確かめてから、首を前へ突き出し、かぶりついた。

優雅な手の動きとは不釣り合いな、大きな口だった。真っ赤に塗られた唇が果肉を包み、垂れてゆく果汁をすすった。よく嚙みもしないで飲み込んだ。筋ばった喉の奥を、無花果が落ちてゆくのが分かった。あまりに勢いよくかぶりついて、自分の指まで食べそうになった。

すぐに口紅がはみ出してきた。顔を揺らすたび、白粉がはらはらと散った。それは無花果の上にも降ったが、やはり彼女は気にしていなかった。鼻の頭には脂が浮き、皺の間のファンデーションがよれてひび割れていた。抜いた眉毛がファンデーションの下で生えかけているのが見えた。こうして瞬く間に、母親は六つの無花果を平らげた。

家出した時、弘之は八個の無花果をどうしたのだろう。一人で全部、食べてしまったのだろうか。テーブルの上に捨てられた皮の塊を見ながら、私は思った。


弘之が生まれ育った家は、音楽大学の北側に広がる住宅地の、一番突き当たりにあった。緩やかな坂道に沿って、よく手入れされたツバキや木犀《もくせい》やレッドロビンの生け垣が続いていた。下を走る県道のざわめきは遠く、時折風の具合で、大学の方から何か管楽器の音が聞こえてくるだけだった。

その家は少し変わっていた。和風の平屋に二階建ての洋館が建て増しされ、全体としていびつなL字型になっていた。平屋の屋根は苔むし、軒下には壊れかけたツバメの巣があり、縁側は建て増し部分に邪魔されて半分しか日が当たっていなかった。洋館の方は少女趣味のデザインで、アーチ型の窓は水色で縁取られ、見せ掛けの煙突と風見鶏が屋根を飾っていた。

二つの建物は反発する磁石を無理矢理粘土で固めたように、ぎこちなくくっつき合っていた。つなぎ目にはひびが入り、それを埋めようとして何度もペンキを塗り重ねたのか、そこだけ壁が分厚くなっていた。

庭は広かったが、樹木の枝が好き放題に茂っていて全体を見通すことはできなかった。洋館の前にレンガ敷きの日除け棚、その脇には半円形の池、そしてあちらこちらに石の人形が置いてあった。

どれもこれもが独りよがりで、バランスを欠いていた。日除け棚を支える支柱には、古代ギリシャのコリント様式を真似た仰々しい彫刻が施され、池はもうすっかり本来の役目を放棄し、深緑色のドロドロした液体をたたえていた。風見鶏は足が錆ついて、Wの方向を向いたきり動く気配がなかった。

人形たちは全部デザインが違った。水瓶《みずがめ》を捧げ持っているのもいたし、首に蛇を巻きつけているのもいた。ポーチの横にあるのは、双子の少年が抱き合っていた。飾られているというより、長い時間をかけ、地面から這い出してきたかのようだった。どうして自分がこんなところにいるのか、思案に暮れるように、みんなうつむいていた。

木々に邪魔されて最初は気づかなかったが、平屋の前には温室があった。中が空っぽの温室だった。どんな小さな植木鉢一つも、ジョロも、そこが昔温室だったことを思い出させる品物は何一つ残っていなかった。

ガラスは割れておらず、骨組みもしっかりしていた。雑然とした庭の中で、その空間だけが時間の侵食を免れているように見えた。どこか、調香室に似ていた。

「悪いんだけど、僕の部屋を使ってほしいんだ。他に適当な部屋がなくてね。もちろん、シーツは洗濯したし、マットも日光消毒したから大丈夫だよ」

彰は言った。

「私はどこだって構わないのよ。でも、あなたはどこで寝るの？」

「ルーキーの部屋さ。家出した時から、ずっとそのままにしてあるんだ。もし姉さんが、そっちの方がいいって言うなら、それでもいいけど……」

「そうねえ、やっぱり、あなたのお部屋を貸してもらうわ」

しばらく考えてから私は答えた。私の知らない弘之の気配が残る場所で、ちゃんと眠れるかどうか心配だったからだ。

「うん。分かった。僕は子供の頃からしょっちゅうルーキーの部屋で遊んでいたからね。平気だよ。慣れているんだ。兄貴のベッドにも、兄貴がいないことにも……」

そう言ったあとで、彰は余計なことを口走ったとでもいうように、話題を変えた。

「部屋数はあるんだけど、うまく機能してなくてね。我が家にお客さんが泊まるなんて、滅多にないことだよ。たぶん二十年くらい前に、従兄《いとこ》が遊びに来たのが最後だな」

確かに彰の言うとおりだった。私はルーキーの不在に、あまりにも不慣れだった。

「一応、昔は客間もあったんだ。和室の方に。でも今はおふくろに占拠されて、とても人が眠れる場所じゃない。彼女は〝トロフィーの間《ま》〟と呼んでいるけどね」

「どういう意味？」

「兄貴が獲得したトロフィーを飾ってあるのさ」

「どうしてトロフィーなんかあるの？　スケートの大会でもらったの？」

「違うよ。数学コンテストだよ」

私はその耳慣れない言葉の意味を理解しようとして、彰から視線を外し、こめかみに指を当てた。ブレスレットが肘の方に落ちていった。

「知らなかったの？」

「ええ……」

ブレスレットのつなぎ目をいじりながら、私は答えた。

「当然、知ってると思ってた。兄貴は数学の天才だったんだよ。本物の、我が家のルーキーだったのさ」

本箱、食器棚、サイドボード、チェスト、洋服ダンス、ドレッサー、電話台、バタフライテーブル。そこにはあらゆる種類の家具が集められていた。家の中が不自然にがらんとしていたのは、このせいなのだと気づいた。そして本来収納していた品々はどこかに置き去りにされ、その代わり、すべてにトロフィーが飾られていた。

トロフィーにこんなに様々な形があるのを、初めて知った。大きいの、小さいの、細長いの、どっしりしたの。リボンがついたの、定理が彫ってあるの。金色、銀色、プラスティック、真鍮《しんちゅう》、メッキ……。もう、きりがなかった。

それらが家具の中や上に、すき間なく並べられていた。よく見えるよう、扉は全部開けたままになっていた。ただ漫然と置くのではなく、バランスを考えた注意深さと丁寧さが、いたるところに感じられた。奥行を計算し、一番ふさわしいトロフィーがその場所を占め、全体を眺めた時、つながりのある美しいラインが形成されるよう工夫がなされていた。陰に隠れて見えないトロフィーなど一つもなく、みんなきちんと正面を向き、合間合間にはメダルや賞状や写真を配置してアクセントにしていた。

　元々は十畳の和室のようだったが、立って展示物を見学する以外、余分なスペースは残っていなかった。すべてが、弘之の獲得した品物で埋め尽くされていた。

「すごいわ……」

　私は言った。どこからどう眺めていったらいいのか、見当がつかなかった。

　夕闇に包まれようとする庭の緑の影が、障子に映っていた。彰が明かりのスイッチを入れた。

「どうしてそんな重要なことを、秘密にしていたんだろう」

「それほど、重要だったの？」

「だって兄貴は、数学でしか自分を表現できなかったんだよ。少なくとも、十六まではね。ルーキーは人生のほとんどを、数学から学んだんだ」

　私は試しに本箱の上段にあるトロフィーを一つ手に取ってみた。『全国ちびっ子算数選手権　優勝　篠塚弘之君（十歳）』と台座に書いてあった。片手に納まるくらい小さくて軽かった。よく磨いてあるらしく、表面がツルツル光っていた。元の位置からずれないよう、注意して戻した。

チェストにあるのはもう少し新しかった。『西日本放送主催　芸術・科学コンクール数学の部　優勝』『中学生のための数学コンテスト　中国地方大会　優勝』『数学振興会検定　特級』『数学ラジオ講座選手権　中学の部　優勝』……。

「全部優勝だわ」

「インフルエンザで四十度の熱があった時、一度だけ二位だったけど、それ以外は全部一番。その時の賞状だか盾だかは、おふくろが焼却炉で燃やしちゃったよ」

「世の中に、こんなにもたくさんの数学の大会があるのね」

「そうだよ。驚きだろ？　ほとんどの人間にとっては、数学なんてたいした意味もないのに、世界のどこかでは、毎日コンテストが行なわれている」

一杯に開いたドレッサーの扉にぶつからないよう、彰は私の背中を軽く押した。畳はすり切れ、家具の重みでへこんでいた。

「この部屋の管理は、お母さまが全部お一人で？」

「ああ。兄貴が出て行ってから、彼女の唯一の慰めがこれだった。つまり、ルーキーの戦利品を整理し、分類し、展示し、眺めること。撫で回し、頬ずりし、抱き締めること。同時に、彼女が首尾一貫して成し遂げることができる、唯一の作業でもある」

やはり彰は弘之と同じ匂いがする。狭いところにじっとしていると、誤魔化しようもなくその匂いが私に届いてきた。けれど彰はそんなことに気づきもせず、言葉を続けた。

「最初、姉さんに会った時、身体中を触って、つぶれるくらいぎゅっと抱きついてきただろ？　面食らって、気を悪くしたんじゃない？　ごめんよ。毎日、トロフィーにしているのと同じやり方なんだ。もう十年以上、トロフィーしか相手にしていないからね。トロフィーなら、いくら力を込めたってつぶれない」

「いいのよ。気にしてなんかいないわ」

「一カ月ごとに、模様替えまでやるんだ。こっちのものをそっちに動かしたからって、何がどう変わるのか、僕には理解できないよ。でも彼女にとっては大問題だ。一日中大騒ぎさ。ほら、見て。引き出しには、またあらゆるものが保存してある。新聞の切り抜きや、プログラムはもちろん、問題用紙、会場の地図、泊まったホテルのシャワーキャップ、ゼッケン、飛行機の搭乗券、割れた下敷き、消しゴムのかけら……」

引き出しには細かい仕切りがしてあり、その中に品々が収納されていた。薬品処理された昆虫の標本のように、生前の姿をとどめながらおとなしく横たわっていた。すべて与えられた場所を、一ミリもはみ出していなかった。

「飛行機の切符があるわ。彼、飛行機に乗れたの？」

「もちろんさ。コンテストを求めて、おふくろと二人、あちこち旅して回った。ヨーロッパコンテストに招かれて、チェコスロヴァキアのプラハにまで行ったこともあるんだ」

「嘘よ。だって彼、乗り物が駄目だったのよ。すぐにパニックを起こして……」

「へえ……」

今度は彰が驚く番だった。

「だから家出したきり、帰ってこられなくなったのかなあ」

彼は引き出しを閉めた。中身がカタカタ音を立てた。

「それにしても見事な分類だわ。弘之がしていた方法とそっくり同じよ。徹底的で、隙がなくて、美しいの」

「兄貴が出て行ってからだよ、こうなったのは」

「二人離れ離れになって、それぞれ違う場所で、何かを分類し合っていたのね」

日が暮れようとしていた。私たちは食器棚と洋服ダンスの間に、しばらく立ちすくんでいた。

ここにあるのは全部、弘之の手が一度は触れたものばかりだというのに、私にはよそよそしく感じられた。白熱灯の光を受け、鈍く光っているトロフィーは、私に少年時代のルーキーを思い起こさせてはくれず、ただ彼の死を呼び覚ますだけだった。

「私には数字じゃなく、ちゃんと言葉で伝えてくれたわ」

私は言った。

「うん、分かってるよ」

彰は答えた。顔の半分が陰になっていた。また、あの匂いがした。陰の向こうに弘之が隠れているのではないかと思うくらい、濃密な気配だった。それを消そうとして、私は彰から視線をそらせた。

「あなたたち、何をやってるの」

その時不意に、背中で声がした。

「勝手に入っちゃいけないって、いつもあれだけ言ってるのに。どうして言うことが聞けないの」

母親だった。口元はまだ無花果の汁で汚れていた。

「違うんだ、ママ。お客さんにルーキーのすごいところを見せてあげてただけなんだ」

あわてて彰は弁解した。

「触っちゃ駄目。せっかく今朝、クリームを塗って、磨き上げたばかりなのよ。指の脂がついたら、全部台無しじゃない。ねえ、どうしてくれるの」

彼女は落ち着きなく首を揺らし、自分の太ももを掌で叩いた。ひどく動揺しているのが分かった。スカートの裾《すそ》から、ゴツゴツした膝がのぞいて見えた。

「ごめんよ、ママ。黙って入って悪かった。どこにも触ってなんかいない。指の脂なんてついてないよ」

彰は母親の肩を抱き、髪を撫でた。

「ルーキーがどれだけ難しい問題を解いてみせたか、どんなに偉い大学の先生をうならせたか、お客さんに話して聞かせていたんだ。お客さんもびっくりしてたよ。ルーキーがこんなに頭がいいって、知らなかったんだ。ね、だからもう許して。お願いだよママ」

母親は頭を彰の胸にもたげ、荒い息を吐いていた。やがて太ももをぶつのをやめ、身体を起こし、私を見据えて言った。

「第十四回、ピタゴラス杯全国大会で、史上初の満点第一位になった時のトロフィー、ご覧になった?」

7

弘之が数字に敏感なことには、もちろん気づいていた。彼はしばしば物事を、数字を通して理解しようとした。小説の気に入った場面はページ数で、バスルームのタイルを貼る時は組合せ論の定理で、庭に集まってくる小鳥たちの様子は集合の演算で。

庭と言えば、私たちは二人で小さなハーブガーデンを作っていた。あれはたぶん、ローズマリーの苗を植えた時だ。

「あそこの園芸店はよくないわ。半分が枯れちゃったの。おととい植え替えたんだけど、また半分は根付いていないみたい。この調子だと、全部根付くまでに何回植え替えたらいいのかしら」

スコップで土を掘り返しながら私が言うと、弘之は近くにあった広告の紙の裏に数式を走り書きし、私に向かってというより、自分自身を納得させるようにつぶやいた。

「ローズマリーをn本根付かせるとして、k日後にうまくゆく確率は括弧1引く2のk乗分の1、括弧のn乗であり、求める公式はシグマkイコール0から無限大、中括弧1マイナス……変数をxイコール1マイナス2のk乗分の1と置き換えるとこの値は……従ってこの和は……」

「いいのよ、そんなに厳密に計算してくれなくても……」

その難しい計算が延々と続く気がして、私は遠慮気味に言った。弘之ははっとして手を止め、宙を見上げた。

「もっといい園芸店を探すわ」

「そうだね。そうしよう」

弘之は場違いな失敗をしでかしたかのように、淋しげにうなだれた。

Σ、∞、∫、log……。広告の裏には見慣れない記号が並んでいた。

「数式ってきれいだわ。神秘的なレースの模様みたい」

私は言った。

「こんなもの、ただの記号さ」

あっという間に弘之は、それを破いて握りつぶした。

あの時のローズマリーは元気に育っていたのに、彼が死んだあと、何も手入れをしないでいたら、すぐに枯れてしまった。

また、こんなこともあった。近所の交差点で信号待ちをしている時、

「ここはいつも待たされるの」

と、私がイライラして言うと、弘之はすぐさまこう答えた。

「平均の待ち時間は2分の１５秒だ」

「どうしてそんなことが分かるの？」

「ここは青が30秒、赤が30秒だからね。確率2分の1の時間は青信号で待ち時間は0。残りの半分は0秒から30秒まで一様に生ずるから、平均値の15秒について対称なんだ。つまり全体としては、2分の1×0＋2分の1×15で、7・5秒になる」

彼は実際、計算などしていないのだった。ただ交差点の風景を、自分なりの言葉で描写しているだけだった。

「素敵だわ」

私がいくらほめても、彼を得意な気持にすることはできなかった。またやってしまった、という後悔の表情を隠さないのだった。

「この交差点にいる人のうち、平均待ち時間について考察を巡らせているのは、きっとルーキーだけよ」

その時信号が青に変わった。私は彼の手を引っ張り、走って交差点を渡った。通行人にぶつかるのも気にせず、離れ離れにならないよう強く手を握っていた。二人の周りにだけ、風が舞い上がった気がした。彼の手は温かく、私のすべてを包めるほどに大きかった。

この世に謎なんてないのだと思っていた。弘之さえそばにいれば、この世のどんな謎でも解いてくれると思っていた。弘之が死んでしまうきざしなど、どこにもなかった。

次の日、彰が勤めに出たあと、一人で家の中を探索してみた。彰の部屋は二階の奥で、建て増しした関係か変形した五角形をしていた。ベッドは清潔に整えられ、寝心地がよかった。目覚まし時計の隣には彼女らしい人の写真が立ててあり、ラジカセにはベートーヴェンのヴァイオリン協奏曲が入ったままになっていた。

三方の壁には作り付けの棚がしつらえてあり、ドールハウスが飾ってあった。レストラン、骨董品店、動物園、楽器店、パン屋、お城、どれも見事な出来だった。テーブルには作りかけの作品がそのままになっていた。一本しか脚のついていない椅子や、色を塗る前の食器や、カーテンになるらしい布の切れ端が散らばっていた。微かにセメダインの匂いのする部屋だった。

下へ降りてゆくと、居間と食堂にはまだ朝食のコーヒーの香りが残っていた。私が片付けておくと言ったのに、彰は食器を全部きれいに洗っていた。食器乾燥機のタイマーの音が聞こえていた。

主だった家具がトロフィーの間へ移されているせいか、革製のソファーがあるきりで素っ気ない居間だった。壁を飾る一枚の絵もなければ、生活の様子を示すレシートやダイレクトメールの束もなく、空白を埋める一輪の花さえなかった。

間違いなくここに弘之が居たという証拠を見つけようとして、私は部屋のあらゆる部分を触ってみた。ソファーのくぼみに体温が残っていないだろうか。カーペットの染みは、赤ん坊の弘之がミルクを吐いた跡じゃないだろうか。壁に傷があるのは、兄弟喧嘩をしておもちゃを投げ付けたからに違いない。

けれどどの想像もうまくはいかなかった。スケートの上手な男の子と、難解な数学問題をすらすら解く少年と、調香室に閉じこもった弘之を一つに結びつけるのは、厄介な作業だった。過去を探しているはずなのに、死んだあとの彼の姿を思い描こうとしているような錯覚に陥った。もしかしたらルーキーは、私の知らない向こうの世界で、ミトンの女の子が描いた図形の上を目隠しして滑っているんじゃないだろうか。あるいは数学コンテストで満点を取り、壇上で立派なトロフィーを受け取っているんじゃないだろうか。

それなら合点がいった。弘之は私と知り合うずっと前に、もう死んでいたのかもしれない。

居間の窓からはギリシャ風の日除け棚が見えた。柱の彫刻には埃が詰まり、雨の跡が茶色く筋になっていた。アケビとカズラの蔓《つる》が伸び放題に絡み合っていた。

母親は和室へ引き揚げたきり、出てくる気配はなかった。トロフィーの間に通じるドアは枠が奇妙にゆがみ、床がギシギシ耳障りな音を出した。もう一度あそこでゆっくりいろいろな品物を調べてみたかったが、母親に見つかってこじれるといけないので、とりあえずやめておいた。

玄関の脇の洋間は、父親の書斎だった。机の上には、ついさっきまで書き物をしていたかのような気配が残っていた。文献がタイプされた検索カードが数枚並び、万年筆が転がり、開いたままのノートには吸い取り紙がはさんであった。

けれどよく見ると、埃だらけだった。繭《まゆ》の中で眠る蚕のように、何もかもが埃に包まれていた。その繭を誰かが破った跡は、どこにもなかった。

本箱はトロフィーの間に提供されたらしく、書籍が無造作に床に積み上げられていた。ほとんどが医学関係の本だった。その上にぽつんと小さなトロフィーが置いてあった。

手に取ると、埃が舞い上がった。金色の塗料ははげ落ち、紅白のリボンは縮んでささくれ、玉ねぎ形をしたてっぺんの飾りは、ネジがゆるんで取れそうになっていた。

〝第44回　洋ラン品評会　優秀賞　農業振興会主催〟

消えかけたリボンの文字を私は苦労して読んだ。父親の部屋からは、空の温室がよく見えた。

しばらくためらってから、私は二階へ戻り、弘之の部屋へ入った。風通しのいい、明るい部屋だった。本棚付きの勉強机とベッドと鏡があった。壁紙の模様は飛行機と三日月だった。ベランダの手すりには、鳥のフンがこびりついていた。

ドレッサーを開けると、思いのほか洋服がたくさん残っていた。いかにも男子高校生が着そうな、綿のシャツやトレーナーだった。それらが無造作に丸められていたり、長袖も半袖も一緒にハンガーに掛けてあったりした。私の知っている弘之のドレッサーとはまるっきり違っていた。そこには分類というものが何もなされていなかった。

しかしもっと私を戸惑わせたのは、服のサイズが全部一回り小さいことだった。家出してから、彼は背が伸びたのだ。

鏡の前には男性化粧品が並んでいた。ラベルは変色し、中身は揮発していた。スケートで濡れたズボンを乾かすのに使ったかもしれない、旧式のドライヤーが、コンセントの脇に転がっていた。

勉強机の引き出しも、やはり整理されておらず、少年らしい乱雑さにあふれていた。シャープペンの芯、お守り、計算尺、生徒手帳、アイドル歌手のブロマイド、虫メガネ、キーホルダー、タバコ、英単語カード、ハンバーガーショップの割引券……。私は引き出しをそっと閉めた。

本棚の書名だけが、少年にはふさわしくなかった。『線形代数学』『非標準解析学』『集合・位相・距離』『精説　有理級数』『ユークリッドベクトル空間』。どの本にも勉強した跡が残っていた。蛍光ペンでアンダーラインが引いてあり、書き込みがしてあり、付箋が貼ってあった。なのに弘之の書き残した言葉を、私は何一つ理解することができなかった。

皺になっているのは、昨夜彰が使ったからだと分かっていながら、私はベッドに手を伸ばさないではいられなかった。ここに身体を横たえた弘之の体温を呼び覚まそうとして、皺の隅々に指を這わせた。けれど指先は、いつまで待ってもこわばったままだった。


「ピタゴラス杯のトロフィー、彰はちゃんとあなたにお見せしたかしら」

サンドイッチのハムを嚙み切りながら、母親は言った。

「はい」

それがどのトロフィーか覚えてはいなかったが、私はうなずいた。

「彰は口では調子のいいことを言うんだけど、すぐにあっさり忘れちゃう癖があるの。どう？　立派だったでしょ。大会史上初めての満点だったから、急きょ役員の人が特別製のを用意して下さったのよ」

食べかけのハムサンドを皿に戻し、今度はレモンティーを飲んだ。無花果の時とは違って、わざとらしいくらい上品な食べ方だった。ただ化粧の濃さは相変わらずで、パンに口紅がべっとりついていた。

「そうだ。その時の答案用紙はご覧になった？　額に入れて、チェストの上から三番目の引き出しにしまってあるんだけど」

「いいえ、残念ながら」

「まあ、彰ったらなんて気が利かないのかしら」

手を振り上げた拍子にカップとぶつかり、紅茶がテーブルにこぼれた。

「整数論の専門の大学教授が三人がかりで、丸二日かけて解いた問題を、ルーキーはたった四時間で片付けたんですの。しかも完璧に。あなたはご存じないかもしれませんけれど、正しい道筋で正解が導き出された答案というのは、とても美しいものなんです。無駄がなく、バランスが取れて、一つの滑らかな流れを持っています。ルーキーにかかれば、数学は音楽にも彫刻にもなれるんです」

「ええ、その通りです」

私は弘之が破り捨てた、ローズマリーの苗の数式を思い出していた。

「あんなすばらしいものをお客さまにお見せしないなんて、あの子、どうかしてるわ」

母親は残りのサンドイッチを飲み込み、ナプキンで口元を押さえた。

「毎日こうして、彰さんがお昼ご飯を用意なさるんですね。お勤めがあってお忙しいのに、優しい息子さんだわ」

私は言った。

「毎日サンドイッチなの。昨日も今日も、憲法記念日もクリスマスも。レタスが胡瓜《きゅうり》になったり、マスタードがマヨネーズになったりするだけ」

うんざりしたように言いながら、彼女は最後の一切れを口に運んだ。付け睫毛《まつげ》がずれているのか、しきりにまばたきをした。今日のアイシャドーはグリーンとイエローとパールホワイトだった。

「でも、美味しいですね」

「あの子はね、一日中ドールハウスばかり作っているの。あれって、女の子がおままごとに使うものじゃないの？　どうかしてるわ、大の男が」

「立派な作品でしたよ。本物そっくりに、精巧にできているんです」

「だからって、何の役に立つんでしょう。そんな小さな家に、誰が住めるっていうの？」

彼女はナプキンを丸め、テーブルの真ん中に転がした。私は口をつぐんだ。

ヤマモモの木に小鳥が止まり、さえずっていた。それ以外、音は聞こえてこなかった。海からの風が吹くと一斉に木々が揺れ、温室のガラスに緑の影が差した。

「ルーキーは、どうしているかしら」

彼女が言った。

「ピタゴラス杯の予選が近いっていうのに。そろそろエントリーしないと間に合わないわ。あなた、行き先をご存じ?」

「さあ……」

一番ふさわしい言葉を見つけようとして、私は口ごもった。

「無花果を買いに行ったきり、戻ってこないの」

こぼれた紅茶を、彼女は人差し指でテーブルになすりつけた。口紅とおそろいのマニキュアが、余計指をか細く見せていた。

「弘之さんは、どんな子供でした?」

話題を変えるために私が言うと、彼女は顔を上げ、ようやく待っていた質問が来たという表情で身を乗り出した。

「賢い子よ。それに尽きるわ。頭の回転が速いとか、機転がきくとかいうのとは違う、もっと根源的な賢さなの。わずか四歳で、世の中の成り立ちを理解しようとしたの。自分なりのやり方でね」

「成り立ち、ですか？」

「ええ、そうよ。時間はどこで生まれ、どこへ消えてゆくのか、自分はどうしてここにいるのか、宇宙の果てには何があるのか、ウサギのぬいぐるみのシロちゃんは、どこからやって来たのか……。そんなことを考えていたの。首をかしげて、不思議でたまらない、っていう目をしてね」

彼女はひどくまばたきをした。付け睫毛が落ちてしまうのではないかと心配になるくらいだった。アイラインがにじんで隈《くま》になっていた。

「初めての子供だったけど、ルーキーは特別だってすぐに分かった。産湯《うぶゆ》を浴びる時、神様から特別の光で照らされた子なのよ。ある日、こんなことを言ったわ。もし僕が死んだら、ママのお腹に返してほしいって」

いつの間にか小鳥たちは飛び立っていた。郵便配達のバイクが前の道を走り過ぎてゆき、すぐにまた静かになった。私はカップの底に沈んだレモンを見つめていた。

「どうしてあの子、死んでしまったのかしら……」

紅茶で濡れた人差し指を、彼女はブラウスの胸元で拭った。

8

全国高校生数学コンテスト
優勝者の頭脳

八月十二、十三日の両日行なわれた数学コンテスト（日本理数科学振興会主催）で、十七回の大会史上初めて一年生が優勝した。

この快挙を成し遂げたのは篠塚弘之君、十五歳。学校では生物部に所属。苦手な科目は古文と日本史、趣味は時刻表を読むこと、というごく平凡な高校生だ。

ところが数学に関しては、普通の高校生なら題意すら理解できないような難問を軽々と解いてしまう。とくに今回、大学院の入試に出してもなかなかできないだろうと言われた、二次試験の第四問、数論の問題は正解者が篠塚君たった一人だった。

「このコンテストの問題は、知識として必要なのは数Ⅰ程度です。ただ受験数学と違って、知識だけでは解けない。洞察力と想像力によって、理論という道具を生み出していかなければなりません。篠塚君のすばらしい点は、問題を解く方針の立て方に独自性があるということです。たとえ定理を知らなくても、どこからか答えを導き出してしまう。自分で定理を作ってしまう。驚くべき才能の持ち主です」

と、今回審査員を務めた○○教授は語る。これほどの実力者なら、さぞかし猛勉強をしているのではと思うのだが、意外にも本人は、机に座って数学の勉強をすることはあまりないと言う。

「自転車で学校へ行く途中や、弟とオセロゲームをしている時なんかに、ふと問題の糸口がひらめいたりします。でも、問題を解くより、理論書を読む時間の方が長いですね。学校の勉強は、夜の八時から十時くらいの間に済ませてしまいます」

いったいどんな家庭環境から天才は生まれるのか。篠塚君のお父さんは大学病院の麻酔科教授。お母さんは元薬剤師で、現在は専業主婦。四つ違いの弟と二人兄弟だ。

「まだよちよち歩きの頃、異常にカレンダーに興味を示したのを覚えております。めくったり引っ繰り返したりしながら、飽きずに眺めておりました。手が離せない時は、カレンダーさえ与えておけば大丈夫でした。喋れるようになりまして、庭のアマリリスを私が『きれいなお花ね』と申しましたら、『花びらが六枚ある』と答えた時には驚きました。小学校へ上がる前に、割算、掛算ができました。ただ計算ができるというのではなく、数字を割ったり掛けたりするとはどういうことか、その仕組みを理解していたのです。それからは本人の求める数学の本などを与えたり、主人が問題を作ってやったりいたしましたが、特別塾へやるようなことはございません。私にできるのはただ、弘之の邪魔にならないよう注意するだけです」

お母さんによれば、勉強を無理強いしたことは一度もないという。今回、コンテストに出場したのも、学校だけでは得られない様々な経験をし、友だちを増やしてほしいとの願いからだった。

ところで、将来は当然数学者を目指すのだろうか。

「いいえ。そうと決めたわけではありません。他に語学も勉強したいですし、哲学にも興味を持っています。将来どういう道に進むかは、まだ分かりません。ただ、数学のことはずっと好きでいたいと思っています」

うつむき加減に話す篠塚君の表情には、まだあどけなさが残る。最後に、ガールフレンドは？　と聞くと、耳まで赤くしながら首を横に振った。

＊＊＊＊

小学校卒業時成績表担任の所見

年間を通し、物事に対して冷静沈着に判断し、その言動は堅実である。争いごとがなく、誰とでも公平に接することができる。学年はじめ、発表回数が少なくやや引っ込み思案な面が見られたが、次第に挙手の回数も増え、積極的な態度になった。

学級活動では保健係として、健康観察カードの管理、保健新聞の発行、出欠黒板への記入などまじめに仕事を行なった。人の嫌がることも進んで引き受け、最後までやり通すことができた。

学習面はどの教科も非常に優秀である。特に算数で見せる理解力、応用力はずば抜けたものを持っている。計算の俊敏性、空間のとらえ方、数量へのイメージ、理論的な発想、新しい知識への探求心、どれをとっても申し分ない。教科書だけでは飽き足らず、独自に学習を進め、ほぼ高校の教科書を理解できるところまで到達したと思われる。教師にとってもこれほど特別な生徒と接するのは初めての経験であり、指導方針にいささかの戸惑いは感じたものの、豊かに育ってゆく才能と間近に接することができたのは、大きな喜びであった。

恵まれた数学的発想は他の教科にもよい影響を及ぼし、動植物の観察、理科の実験、造形、社会の統計的理解などに生かされている。楽器の演奏や機械運動のように練習を要するものにおいては、根気強く取り組み、時間はかかってもきちんとした成果を収めた。

国語に関しては、読解力にすぐれた能力を持っている。粗筋《あらすじ》をつかみ、ブロックに分け、それぞれの関係をとらえながら論理的に全体を理解してゆく。感受性も豊かで、数学関係ばかりでなく、小説や伝記、歴史書をよく図書室から借りて読んでいた。

言葉による自己表現にやや自信のなさが見られるが、それは能力の有無というより、性格に由来するものが大きく、これからさらなる社会性を身につけてゆく段階で十分改善されるであろう。

以上から判断し、中学入学にあたり、特別憂慮すべき点は認められない。新しい指導者の下、数学をはじめとする学問への興味をさらに深め、その類《たぐ》い稀《まれ》な才能が大きく花開くことを願っている。

特別活動の様子……県書き初め展銅賞。校内持久走大会第五位。学習発表会ミュージカル『美女と野獣』時計従者役。

＊＊＊＊

突然このようなお手紙差し上げること、どうぞお許し下さい。先日、偶然雑誌で弘之君のお顔を拝見し、数学のコンテストですばらしい賞をお受けになったことを知り、うれしさと懐かしさで思わずペンを走らせた次第です。このたびは、本当におめでとうございました。

弘之君が幼稚園を卒園されて早十年。その間に私も結婚し、三年前、出産を機に退職いたしました。

雑誌に載った写真は目を伏せているうえにピントまでずれていましたが、すぐに弘之君だと分かりました。幼稚園の頃と少しも変わっていませんね。あの頃のニックネームはルーキーでしたが、今もそう呼ばれているのでしょうか。

　恥ずかしがり屋で泣き虫だったあのルーキーが、大学の先生も舌を巻くほどの高度な数学の問題を解いて、日本で一番になるなんて、びっくりしました。と同時に、こんな優秀な子供さんを幼稚園で受け持つことができ、大変誇りに思っております。

　初めてあなたのクラスの受け持ちになった時、一番最初に名前を覚えたのが「弘之君」でした。嘘ではありません。入園式を待つ間、絵本を読んであげたのですが、途中であなたが「あと三分の一だ」と言ったのです。分数の分かる幼稚園児なんて初めてでした。念のため、ページ数を計算してみたら、本当にぴったり三分の一だったのです。

　また、石榴《ざくろ》を写生した時のこと、覚えていますか。描き終わって、おやつの時間にみんなはそれを食べたのに、あなただけは全部の実を取り出し、画用紙の上にならべて数えだしました。根気よく十粒ずつかたまりにして、お迎えの時間になってもお構いなしに、熱心に数え続けました。お母様も園長先生も私も、邪魔しないようじっとそれを見守っていました。そしてとうとう数え終わり、二百三十九個だ！　と声を上げたあなたの顔、とても晴れ晴れとしてうれしそうでした（本当の数は忘れてしまいましたけれど）。

折紙を教えてあげたのも、逆上《さかあ》がりを教えてあげたのも私だったのに、今では私など手も足も出ない難しい問題をあなたは解いてしまう。教師として、これほど喜ばしいことはありません。

これからもどうぞお身体をお大事にして、得意の分野を思う存分勉強して下さい。遠くからではありますが、ますますのご活躍、お祈り申し上げております。お父様、お母様にもよろしくお伝え下さいませ。

かしこ

＊＊＊＊

「称賛、称賛、称賛の記録ばかりね」

「うんざりしたかい？」

「いいえ。ただ、少し頭がくらくらするだけ」

「窓を開けよう。外気に触れるとトロフィーが傷むって信じてて、いつも閉めきっているんだ」

母親は朝から頭痛がすると言って、薬を飲んで眠っていた。彰は月に一度の定休日だった。

「お母さまに気づかれないかしら」

「大丈夫。きつい鎮痛剤を定量の倍飲むからね。三時間は目を覚まさないよ」

縁側のガラス窓はあちこちに引っ掛かって、なかなか開かなかった。春の日差しが庭に降り注いでいた。風はないのに、土と緑の匂いが部屋にしのび込んできた。

「いつ頃から、コンテストに出場するようになったのかしら」

私は幼稚園の先生からの手紙を封筒に戻した。

「さあ、どうだろう。とにかく僕が物心ついた時にはもう、母と息子のコンテスト行脚《あんぎゃ》は始まっていたからね。どこかにプログラムがしまってあったはずだ。調べてみよう」

彰は家具の間をすり抜け、キャビネットの引き出しからプログラムの束を取り出した。それは順序よく年代順に並べてあった。ほとんどが変色し、角がすり減っていた。折り目が破れてセロテープで張りつけてあるのもあったし、高級レストランのメニューのように立派な造りのものもあった。

「一番古いのは、【子供フェスティバル　集まれ天才ちびっ子たち！】、これだな。日付は昭和四十八年だから、えっと、今から何年前だ……。僕が四つだから兄貴は八つ。つまり、……二十二年前だ」

「計算に時間が掛かるのね」

「ルーキーみたいには、うまくいかないよ」

「あなたには遺伝しなかったの？」

「遺伝じゃない。兄貴が突然変異したんだ。僕は店でしょっちゅうお釣りを間違えて怒られてる」

彰は首をすくめた。

プログラムによると、子供フェスティバルは遊園地の企画で、特技を持った小学生がそれを披露するという、たわいない集まりのようだった。山陽本線の駅を全部言える子、仏像の写真を見て名前を当てる子、シェークスピアの戯曲を暗唱する子などに交じって、弘之の名前があった。〝高校の入試問題を解く算数博士〟。出番は最後だった。ご褒美にソフトクリームでも買ってもらったのだろうか、食べこぼしの染みが散らばっていた。

「あなたも一緒だった？」

「覚えてないよ。たぶん、留守番だったんじゃないかな。たいていそうだったから。おふくろに言わせれば、僕がいると気が散って、実力が発揮できないらしい」

「お母さまはかなり力を入れていらしたみたいね」

「かなり？　そんな生易しいものじゃない。この部屋を見れば分かるだろ」

私も彰も裸足《はだし》で、家具と家具の間の狭い空間に身体を押し込めるようにして立ち、窓を開けても一向に入れ替わる気配のない、淀んだ空気を吸っていた。

「ああいう会場はね、何とも言えない独特の雰囲気があるんだ。周りは見知らぬ顔ばっかりで、ひそひそ声が聞こえて、なぜか知らないけど試験官は威張ってる。おふくろはそわそわして同じことばっかり何度も言う。『落ち着いて、問題をよく読むのよ。焦る必要なんてないの。いい、一番大事なことはね、名前を忘れずに書くこと。ただそれだけ。ルーキーならできるわ。簡単なことよ』。僕はおふくろの頭がおかしくなったんじゃないかと心配した。人間は頭がおかしくなると、同じことを何遍でも繰り返すようになるって、誰かが言ってたから。僕は興奮と心配と緊張が一緒になって、自分でもどうしていいか分からなくなって、そのあたりを走り回る。『名前を忘れずに書くのよ』って叫びながら。すると、周りの大人はクスクス笑うのに、おふくろだけは真っ赤な顔して怒って、まるで僕を窒息死させるみたいに、口を掌でふさぐんだ。こんなふうに」

彰は自分で自分の口を押さえ、白目をむいて苦しがる振りをした。

「本当？」

「ああ、嘘じゃないよ。ルーキーを優勝させるためだったら、僕が窒息するくらい何でもないことさ」

襖《ふすま》の向こうに母親が立っているような気がして振り返ったが、誰もいなかった。私たちを見守っているのは、ただルーキーの名前が刻まれたトロフィーだけだった。

「一番最後のコンテストは、昭和五十五年の夏、高校一年生で優勝したっていう、これね。でも、どうしてそれ以降、ぱったり止まっちゃったの？　大学受験のためかしら」

「限界が来たんだよ。もちろん、ルーキーの才能にはもっと可能性があったはずだ。でも、バスに乗って、汽車に乗って、時には飛行機に乗って見知らぬ場所まで出掛け、問題を解き、表彰され、写真を撮られ、また長い道のりを帰ってくる。名前を忘れるなって、母親に二十ぺんくらい念押しされる。――そんなことが長続きするはずない」

皺になるのも構わず、彰はパンフレットの束を引き出しに押し込めた。母親に見つかったらとはらはらしたが、彰は何でもわざと乱暴に扱った。新聞のスクラップ帳を逆さまに置いたり、メダルの紐をねじったりした。

「プラハの大会に出場したこともあるって、言わなかった？　そのプログラムは残っていないみたいね」

　私は言った。

「そう、あれが本当の最後だった」

　思い出したように彰は答えた。

「十六歳の夏だ。ヨーロッパのコンテストに招待されたんだ。高校の体育館で壮行会はやる、どこからかスーツケースを借りてくる、おふくろはドレスを作るで、大騒ぎした。でも、どうしてその記録が残っていないんだろう」

　私たちは手分けしてあちこちの引き出しを探してみたが、どんな小さな新聞記事も、プラハ行きの搭乗券も、そしてトロフィーも見つからなかった。

「優勝できなかったのかもしれないわね」

「おやじと留守番してたのは覚えているんだけど、結果についての記憶はないなあ。でも、プラハから帰ってきてから、何もかもおかしくなったのは間違いない。おふくろはああなって、ルーキーは学校をやめて、おやじが死んだ」

　私たちは探し疲れて畳に座り込んだ。

彰は両足を抱え、ため息をついた。もう暖かくなったというのに、霊安室で会った時と同じ黒いセーターを着ていた。肘《ひじ》のところはすり切れ、衿元はのびかかっていた。ドールハウスを作っている時ついたのだろうか、袖口が木の削り屑で汚れていた。

「白石5個と黒石10個を横一列に並べる。どの白石の右隣にも必ず黒石が並ぶような並べ方は全部で何通りあるか。……nの2乗分のnのn乗プラス1が整数となるような1より大きい整数nをすべて決定せよ。……方程式xのn乗プラスxイコール1は、ただ一つの正の解x（n）を持ち、$n \to \infty$とすると1に近づく。どのくらいの早さで1に収束するかを評価せよ。……次の例をあげよ　①無限群で、無限真部分群を含まないもの。②真部分体と同型な体。③極大イデアルを持たない環。……」

私は問題用紙を朗読した。

「決定せよ。評価せよ。……ルーキーは、命令ばかりされていたのね」

「この部屋にいると、ルーキーは死んでしまったんだなあ、ってことを思い知らされる。霊安室で、兄貴の死体を見せられた時よりも強烈にね」

彰は言った。

「その訳の分からない、狂気じみた問題用紙が、僕には死亡宣告文に思える」

「私、毎日彼と同じベッドで眠っていたのよ。ほんの少し手をのばせば、身体中どこにだって触れることができたの。なのに、その彼が、整数nを決定したり、収束を評価したりしていたなんて、気づきもしなかった」

「姉さんがそれに気づいていたとしても、事態は変わらなかったよ。誰にも止められなかった。こうなることは、あらかじめ決定されていたんだ」

彰は食器棚を蹴った。トロフィーがガタガタ音を立てて揺れた。一番手前にあった細長いトロフィーが倒れ、私たちの間に転げ落ちたが、二人ともそれを元に戻そうとはしなかった。

「兄貴が家出したあと、この部屋へ一人で入るのは怖かった。ここにじっとしていると、兄貴は死んでしまったんじゃないかっていう不安が襲ってきた。理由はよく分からないけど、薄暗い部屋の片隅から不安が霧みたいに立ち昇って、どんどん濃くなって、僕を覆いつくすんだ。払いのけようとしてもがいているうちに、ふっと気がつくと、ルーキーはもう霧の向こう側にいる。いくら手を伸ばしても届かない。僕はまだ十四で、人が死ぬことの意味なんて何にも知らなかったはずなのに……。姉さんが一緒じゃなきゃ、ここにはいられない」

十四歳に逆戻りしてしまったかのような、か弱い声で彰は言った。

「大丈夫よ。私はここにいるわ」

と、私は答えた。

9

食事の支度はもちろん、買物、掃除から母親の薬の管理まで、家のことは全部彰が一人でやっていた。母親は朝、長い時間をかけて化粧をすると、あとはたいてい居間でぼんやりするか、トロフィーの間にこもっていた。彰が仕事に行ってしまえば、ずっと一人きりで、どこに外出するわけでもないのに、化粧は欠かさなかった。

彰は仕事が終わると寄り道せずに帰宅し、夕食の用意をし、後片付けがすむと洗濯機を回した。夜早めに母親が寝たあとは、居間でサスペンス映画のビデオを観ながらアイロンをかけた。ほとんど母親のブラウスやスカートだった。

「手伝うわ」

私が申し出ても、彰は、

「いいよ」

と答えるだけだった。仕方なく私も一緒にビデオを観た。彼は一枚一枚、手際よく仕上げていった。材質に合わせ、ちゃんと温度調節もした。

病院から電話があった時、私もちょうどこんなふうにアイロンをかけていたのを思い出した。あの時のワイシャツには、どんな小さな皺さえ残っていなかった。

夕食は三人そろって食堂で食べた。テーブルが大きすぎるせいで、三人の間には中途半端なすき間があいていた。親しくささやき合うには距離がありすぎ、ドレッシングの瓶を取るにも、腰を浮かして手を一杯にのばさなければいけなかった。

「今日はママの好きなニジマスのホイル焼きだよ。熱いから気をつけて」

彰が母親に話し掛ける口調は、普段とは違っていた。こんなふうにいたわってもらえるなら、彼の恋人はきっと幸せだろう、と思えるような口調だった。

「胡椒《こしょう》をもっと振る？」

「いいえ、いいのよ。このままで」

あまり会話は弾まなかった。たいてい彰が話題を提供し、私が退屈しないように気を遣い、時折母親を会話に参加させようとしてあれこれ試みた。しかし彼女は自分だけの世界に閉じこもり、私には興味を示さなかった。ナプキンをいろいろな形に折り畳んだり、ワインのコルクをじっと眺めたり、フォークをニジマスの口に突っ込んだりしていた。

「今日はトロフィーをいじらなかった？」

「もちろんだよ」

「あなたは？」

なのに突然こちらに鋭い視線を向け、私を戸惑わせた。

「ええ、……」

ワインを飲み込みながら、私は答えた。

「涼子さんはね、ルーキーと一緒に暮らしてたんだ。ルーキーのことは何でも知ってるよ。聞いてみるといい」

「そう？」

「ママ、調香師って知ってる？　香水を作る人なんだ。ルーキーはその勉強をしていたんだって」

「どうしてそんなことを？　だって数学のお勉強があるわ」

「それはとっくの昔にやめたんだ」

「まあ、どうして？」

「十分すぎるくらいやったからさ」

「このワイン、渋いわ」

「また頭が痛くなるといけないから、一杯だけにしておいた方がいいよ」

しばらく私たちは黙って食事を続けた。緑が多いせいで、庭を包む闇が余計深く見えた。温室も池も人形たちも暗がりの中に隠れていた。

「この人、いつまで家にいるの？」

彼女がフォークで私を差した。

「ゆっくりしてもらえばいいじゃないか。失礼だよママ」

「すっかりお邪魔してしまって、申し訳ありません」

私は言った。

「いいんだよ、姉さん」

「姉さん？　いつの間にあなたにお姉さんができたの？」

「ついこのあいだ、ルーキーが死んでからだよ」

「知らなかったわ。ごめんなさい。ご無礼申し上げて」

彼女はニジマスに視線を落とし、一本一本慎重に骨を抜いていった。マニキュアはブルーだった。あまりにも濃いブルーのせいで、血の色にさえ見えた。

「いいえ、構わないんです。お二人のご親切に甘えて、いつまでもぐずぐずしている私が悪いんです。ところで、プラハを旅行なさったことがおありになるんですってね。彰さんから聞きました。さぞ、美しい街なんでしょうね」

彼女は骨を探すのをやめなかった。身はすっかり崩れてしまい、爪はバターでべとべとしていた。

「もう食べたって大丈夫だよ。骨なんかないからね」

彰が言った。

「レモンの切り方が違うわ」

「ごめんなさい。私が切ったんです。少しでもお手伝いしようと思って」

私は謝った。

「輪切りじゃなくて、櫛形のはずよ」

「どっちだって同じだよ。レモンはレモンなんだからね」

「櫛形にしてってって、あれほど頼んだのに、どうして聞いてくれないの」

「姉さんが手伝ってくれたんだ。ありがたく思わなくちゃいけない」

「輪切りは嫌なのよ。パパがのぞいてた顕微鏡に、よくこんな模様が映ってた。患部を薄切りにして、薬品で染めたの」

「何言ってるんだい。家にはもう顕微鏡なんてどこにもないよ。じゃあ、これは捨てる。新しいのを切ってくるから、もう安心して」

「異常な細胞よ。悪性腫瘍に侵された細胞なのよ」

彰が手をのばす前に、母親はレモンを床に投げ捨てた。

「私はプラハなんかに行ったことはありません」

またフォークが私に振り向けられた。ニジマスの身が飛び散った。

「そうですね。余計なことを質問してしまったみたい……」

私は胸元のニジマスを払った。

「何するんだい、ママ。姉さんに謝れよ」

「いいの。そんなこと」

「何が姉さんよ。この人は偽物よ。だまされちゃだめ」

「お願いだからママ、落ち着いて」

「彰までが疑うのね。どうして私がプラハへ行かなくちゃならないの」

「その話はもう終わったんだ」

「この女に出ていってもらって」

「いい加減にしてくれ」

彰が怒鳴ってテーブルを叩いた。ワインがこぼれ、椅子が倒れた。私たちのすき間を埋めるように、ワインはゆっくりとテーブルに広がっていった。二階へ駆け上がってゆく彰の足音が聞こえた。

「名前を忘れずに書くのよ。いい？　名前を忘れずに書くのよ」

その背中に向かって、母親は叫んだ。


弘之の部屋で、彰はドールハウスを作っていた。熱中しているせいなのか、気づかない振りをしているのか、背中を丸めて机に張りついたまま動こうとしなかった。

『幾何問題ゼミナール』の上に小さく切った角材が積み上げられ、大学ノートと公式の暗記カードは、カッターナイフや刷毛《はけ》や絵具や紙粘土で覆い隠され、分厚くて頑丈な作りの『数学英和・和英辞典』は格好の舞台となり、出来上がった小物が並べられていた。

「ヴィクトリア朝時代のお屋敷なんだ」

手を休めずに彰は言った。

「素敵だわ」

私はライティングビューローに手をのばした。

「触ってもいい？」

「ああ。そっちにあるのは、もう乾いているから」

掌にのるほど小さいのに、把手を引っ張るとちゃんとデスクの形になった。燭台もペンもインク壺もあった。引き出しの中には便箋と封筒が入っていた。

「寄宿学校にいる息子に、主人はそのデスクで手紙を書くんだ」

天蓋付きのベッドからは、レースの布が垂れ下がっていた。丸テーブルの上にはティータイムの用意が整い、美味しそうなチョコレートケーキがのっていた。暖炉の中には薪がくべられ、ランプには明かりがともり、ロッキングチェアの上には編みかけの毛糸玉が転がっていた。何もかもが本物そっくりだった。

「女主人はクリスマスプレゼントに間に合わせようとして、セーターを編んでる」

彰が口を開くたび、息で角材の削り屑が舞った。

「部屋数が十五もあるお屋敷だからね。完成させるのは大変だよ」

親指の爪ほどしかない木片に、彰は木馬の模様を彫刻していた。指先は傷だらけで汚れていた。小さな木馬を浮き上がらせようとして、懸命に動いていた。

いつもの彰より背中が小さく感じられた。作業に没頭しているうち、知らない間にドールハウスのサイズに合わせて、身体がしぼんでしまったかのようだった。ここにある部品など、たやすく握り潰せるくらいたくましい手のはずなのに、チョコレートケーキや毛糸玉や木馬と同じように、彼の指もか弱く見えた。

「それは何になるの？」

彼のどこかに触れてあげたいと思いながら、どうしていいか分からず、私は椅子の背もたれに手をのせた。

「揺りかごだよ」

「まあ、かわいい」

「小さな赤ん坊はここで眠るんだ」

彰はへらの先にセメダインをつけ木片を接着していった。人差し指でそっと触れると、それは彼の掌の上で揺れた。

「下は片付けておいたからね」

　私は言った。

「うん。ありがとう」

　本当にそこに赤ん坊が眠っているかのように、私たちは息をひそめ、揺りかごを見守った。

　その夜、私は弘之がプレゼントしてくれた香水の瓶を、ほんの一瞬だけ開けた。ぐずぐずしていると、香りが全部蒸発してしまうような気がして、すぐに蓋を閉めた。その香りを胸に深く吸い込んでからベッドに横たわった。そうしないと、眠れない気がした。


　次の日、母親の機嫌は直っていた。一段と明るいオレンジの口紅を塗り、付け睫毛の調子もよく、昨夜のわだかまりなど少しも見せずに私を抱き締めて朝のあいさつをした。何度も濡れた布巾で拭いたのに、テーブルにはまだワインのこぼれた跡が残っていた。

　彰が教えてくれたとおり、私は音大前の停留所からバスに乗り、市立図書館へ行った。

弘之が十六の時、ヨーロッパの大会に招待され、プラハへ行ったという記録を探すためだった。

慣れない図書館で利用の仕方がよく分からないうえに、彰が記憶している日付があいまいなせいで、ひどく手間取った。せっかく見つけたと思ったら、的外れな美容師コンテストの特集だったり、一年分の新聞を探したのに、求める記事は一行も出ていなかったりした。

丸一日かけ、ようやくたどり着いたのは、地元新聞の地方版に載った小さな記事一つきりだった。

【今年、チェコスロヴァキアのプラハで開催されるヨーロッパ数学コンテストに、初めて日本の高校生が招待されることになり、四月二日、厳しい国内予選を突破した五人の秀才が選手に選ばれた。

このコンテストは元々、東欧諸国が数学のエリートを育成する目的で行なってきたものである。年々参加国が増え、今年第二十回の記念大会を迎えるにあたり、初めてアジアから日本をはじめとして中国、ベトナム、香港、韓国などが招待される運びとなった。

各国五人の代表が、二日間、九時間にわたって六問の問題を解き、五人の合計得点で国別の順位を争う。また、満点の人には金メダル、五問正解者に銀メダル、四問正解者には銅メダルが贈られる。

今回、日本理数科学振興会が国内選抜試験の参加者を募ったところ、全国から九百九十六人の高校生が応募。その中から、二月三日の一次試験、三月八日の二次試験、さらには三月二十七日からの三泊四日にわたる試験をくぐり抜けた五人が選ばれた。

このうち最高得点を獲得した篠塚弘之君（十六歳）は、地元県立高校の二年生。

「初めての国際コンテストなので、緊張しています。でも気負わずに精一杯実力を試してきたいと思います。外国の高校生たちと出会えるのも楽しみです」

と語った。

また、唯一女子で選ばれた杉本史子さん（十七歳）は、

「信じられません。ここまでこられるなんて、思ってもみませんでしたから。学校では演劇部で脚本を書いています。プラハでもし時間があればオペラを観てみたいと思います。コンテスト会場がベルトラムカ荘と聞いているので、それも楽しみです。モーツァルトが『ドン・ジョバンニ』の序曲を作曲したところですから」

と、素直に喜びを表していた。

代表の五人はこれから通信教育でトレーニングを積んだあと、七月二十日から一週間合宿を行い、八月一日、プラハへ向けて出発する】

私はこの記事を三回繰り返して読んだ。それでもまだ何か見落としているような気がしてならず、中庭のベンチに腰掛け、声に出して二回読んでみた。

ここでもルーキーはトップだった。スケートリンクで、トロフィーの間で、もう十分に驚いたはずなのに、私はまだ弘之がこれほどの才能を隠し持っていたことに慣れなかった。いちいち胸がどきどきし、息が苦しくなった。そして余計、彼を失った悲しみが深くなるのだった。

さらに私を戸惑わせたのは、杉本史子が残した演劇部という一言だった。弘之が香水工房へ出した履歴書に、同じ言葉があったからだ。

国内選考の様子をこれだけ詳しく書いていながら、プラハ大会の結果については、どの新聞や雑誌にも載っていなかった。広い図書館を歩き回り、司書に食い下がって見落としがないかどうかコンピューターを何度もチェックしてもらったが、結果は同じだった。

プラハの部分だけが決定的に欠落していた。彼のコンテストの記憶は、突然そこで切断され、あとにはただ暗闇が広がっているばかりだった。

篠塚弘之君（十六歳）——という一行を、私は指先で撫でた。それはただのコピー用紙だった。彼のコメントはいかにも優等生的でよそよそしかった。何の香りも発していなかった。

「日本理数科学振興会ですか。ちょっとお伺いしたいことがございまして。十五年前に、プラハで行なわれたヨーロッパ数学コンテストについてお聞きしたいんです。……失礼しました。私、フリーのライターをやっております。今度ある雑誌で、様々な分野の天才少年、少女を特集するんです。十五年前選ばれた五人の日本選手がその後どうなったか、取材したいと思っているんですが。そちらの振興会が国内予選をなさったそうですね。……えっ？　今はもうコンテスト活動をなさっていない？　そうですか。……申し訳ありません。ご無理をお願いしているのはよく分かります。でも、昔の記録は残っているんじゃありませんか。もしよかったら、調べていただけないでしょうか。……ええ、もちろんです。そちらにご迷惑をおかけするようなことは一切ありません。選手の方々の当時の連絡先、ヨーロッパ大会の事務局の連絡先、それからコンテストの結果が知りたいんです。……はい、待ちます。いくらでも待ちます。お手数をおかけして、本当に申し訳ありません。助かります。記録がなくて途方に暮れていたんです。明日また、お電話させていただきます。……」

翌日、約束どおり振興会の人は古い記録を調べてくれていた。電話口に出た若い事務員が読み上げるメモを、私は大急ぎで書き取った。

杉本史子は仙台の高校生だった。当時を知る人は誰も振興会には残っておらず、プラハまで同行した副会長はすでに亡くなっていた。大会の主催はプラハにある数学コンテスト財団ヨーロッパ支部。日本は参加二十四カ国中二十二位。杉本史子が銅メダルを獲得したのが最高。弘之は、途中棄権だった。

10

　ジェニャックと私は〝飢えの壁〟と名付けられた坂道を歩いて修道院を後にし、再びワゴン車に戻った。

「今度連れて行ってもらいたいのはね、ここなの。住所ははっきり分かっているのよ。〝数学コンテスト財団ヨーロッパ支部〟っていう所。分かる?」

　私は日本から持ってきたメモ用紙を広げた。もう中途半端に英語を使ったり、チェコ語会話集をめくったりするのはやめて、自分が分かる言葉でとにかく喋ることにした。

「アノ、アノ、ロズミーム」

　相変わらずジェニャックは私の知っている言葉を何一つ口にしなかったが、メモをのぞいてすぐさまうなずき、「どうぞ、心配しないで」という表情でこちらを見やった。

　振り返ると修道院が見えた。木々の間から規則正しく並んだ窓と、赤茶けた屋根がのぞいていた。図書室はどのあたりだろう。もう見分けがつかなかった。二本の塔に光が当たっていた。

橋を渡って街の東側へ戻り、しばらく南へ下っていたが、川を離れるとすぐに方向が分からなくなった。ジェニャックは細い道をいくつも器用に曲がった。一つ角を曲がるたび、観光客の数は少なくなり、静けさが増していった。

傾きかけた宿屋の前で、酔っ払いが寝転がっていた。礼拝堂の地下から、賛美歌が聞こえてきた。屋根裏部屋の窓辺にもたれ、編み物をしている老女がいた。痩せて腰骨の浮き出た猫が、門柱の上からこちらをうかがっていた。

やがて一面蔓《つる》バラに覆われた石塀があらわれた。塀の向こうは公園なのか、ただ茂った木々が見えるだけで中の様子はうかがえなかった。ワゴン車の窓にこすれて、いくつか蕾が地面に落ちた。

数学コンテスト財団ヨーロッパ支部は、蔓バラの塀が途切れた角にあった。四階建てのどっしりした建物で、それがシンボルマークらしく、正面玄関の扉やベランダの手すりや、あちこちにライオンの頭が彫刻されていた。けれどうらぶれた様子は隠しようもなく、窓の鎧戸は所々はずれかけ、呼び鈴は引き千切られて電線が垂れ下がり、壁は落書だらけだった。

とにかく私たちは中へ入った。薄暗くて何も見えず、身体を寄せ合っていないとつまずきそうだった。ひんやりとした空気が足元に絡み付いてきた。ジェニャックの息遣いが規則正しく聞こえた。

長い廊下の両端にいくつも扉が並んでいたが、人の気配はなく、ただ暗闇が満ちているだけだった。

「ダーヴェイテ　スィ　ポゾル……」

ジェニャックが言った。私の髪と彼の革ジャンがこすれ合ってカサカサ音がした。

どうして私がここへ来たのか、この場所に一体どんな意味があるのか何も知らないはずなのに、彼は少しも恐れていなかった。この人のそばにいることが何より大事なのだとでもいうように、勇敢に振る舞った。

ジェニャックが一つ扉を開けた。天井の高い、広々とした部屋だった。煤《すす》けた暖炉と、壊れた椅子一脚と、線の切れた電話が一つあるだけで、あとはがらんとしていた。足を動かすたび、埃が舞い上がった。

どの部屋も似たようなものだった。人が足を踏み入れた形跡はなく、何もかもが傷つき、忘れ去られていた。ただ所々部屋の片隅に置き去りにされた数学の本だけが、以前ここが間違いなくコンテスト財団の支部だったことを示していた。

四階まで上がると蔓バラに覆われていた塀の内側が見通せた。そこは墓地だった。苔むした墓標が一面に並び、手向《たむ》けられた花がそよ風に揺れていた。

「もういいわ。帰りましょう」

私は言った。

「ここには何もないわ。ただお墓が見えるだけ……」

ジェニャックはこちらをのぞき込み、二言三言何かつぶやいて、元気づけるように私の肩にそっと触れた。

「あと一部屋だけ、入ってみましょう」

たぶん、そう言ったのだと思う。

最後の部屋へ足を踏み入れたとたん、彼の勘が間違っていないことが分かった。そこは他のどの部屋とも違っていた。打ち捨てられたトロフィーが山積みにされていたのだ。

財団が主催するコンテストのトロフィーなのだろうか。さまざまな種類のものがあった。床のほとんどを覆い尽くし、窓の半分をふさぎながら、定規《じょうぎ》で測ったのかと思うほど狂いのない円錐形を成していた。

あまりにも長い時間積み重ねられていたために、それぞれのトロフィーは強力に密着し合い、もうばらばらに引き離すことはできないように見えた。あるものは先端のライオンの飾りが折れ曲がり、あるものは台座がはずれ、またあるものは重みに耐えかねて潰れかけていた。輝かしい優勝者を称える道具であったという記憶を残しているトロフィーは、一個としてなかった。

その塊はルーキーの母親が愛する分類とも、指紋一つない輝きとも無縁だった。それは巨大な墓標だった。

私はため息をついた。ジェニャックは塊に近付き、台座に彫られた文字を読み取ろうとしていた。その時、どこかで微かな咳払いが聞こえた。私たちはぎくっとして顔を見合わせた。気配のする方に向かってジェニャックが何か叫んだ。彼の声はトロフィーの山にぶつかり、部屋の隅々にまで響き渡った。

塊の向こうに、男がうずくまっていた。日当たりのいい窓辺にマットレスを敷き、ぼろぼろの毛布にくるまって、顔を両膝の間に埋めていた。髪は埃だらけで絡み合い、肌も爪も真っ黒だった。足元には簡易コンロや、把手の取れた鍋や、ランプや、そんな生活用品が揃えてあった。鍋の底に黴《か》びたシチューがこびりついていた。私はジェニャックの腕にしがみついた。

男が怖かったからではない。もしかしたらその男が、ルーキーかもしれないという錯覚に陥ったからだ。ルーキーがヨーロッパ数学コンテストのトロフィーを取り返すため、ここに潜んでいるのではないか。私にさよならも告げず姿を消し、黴びたシチューをすりながら、自分の名前が刻まれたトロフィーを探しているのではないか、と。

ジェニャックは男に問い掛けた。チェコ語を自由に扱う彼が急に大人びて見えた。耳慣れないその言葉は抑揚がなく、きっぱりとして冷静であるようにも聞こえたし、憤《いきどお》りを含んでいるようでもあった。

しかしジェニャックが何を尋ねても、男はただ怯えた目で毛布のすき間からこちらをうかがい、吐息を漏らすばかりだった。

「無駄だわ。もう行きましょう」

「アノ、ロズミーム……」

見捨てられたトロフィーたちと、男の眠りを妨げないよう、私たちは静かに扉を閉じた。

旧市街に戻り、二人で遅い昼食を取った。半日歩き回って何一つ成果がなかったのに、案外私は落胆していなかった。言葉の分かるガイドにもこだわっていなかった。反対に、この旅にはどうしてもジェニャックが必要なのではないかという気がしていた。彼はいつでも私が望むだけの沈黙を与えてくれる。調香室のルーキーがそうであったように。

彼は背中を丸め、カリフラワーのフライと茹《ゆ》でパンを食べていた。皿の上に神経を集中し、ナプキンを取ったり水を飲んだりする拍子に私と目が合うと、恥ずかしそうにまたうつむいて、一段と大きなカリフラワーを口に押し込めた。二人の間を漂うのは、ただナイフとフォークがぶつかる気配だけだった。

ホテルへ戻る途中、夕焼けを見ようとしてもう一度修道院の裏庭に登った。なのにいつまで待ってもなかなか日は暮れなかった。光の色がほんの少しぼやけただけで、空にはまだ青色が残っていた。

「時間が止まっちゃったみたいね」

柵にもたれて私は言った。うなずくでもなく、首を振るでもなく、ジェニャックはジャンパーのポケットに両手を突っ込んだ。車のキーがチャリンと小さく鳴った。

「すっかり遅くなってしまったわ。約束は何時までだったかしら。ごめんなさいね」

「ネニー　ザッチ」

彼は答えた。

朝来た時と同じように修道院の中は静まり返り、裏庭にも人の姿はなかった。街のざわめきははるかに遠く、小鳥のさえずりも消えていた。

頭に白いリボンを結んだ少女と背の高い修道士は、どこへ行ってしまったのだろう。

〝飢えの壁〟に続く坂道を振り返ってみたが、塔の影が長く伸びているだけだった。

「ねえ、あの道はどこへ続いてるの？　あそこからでも下の駐車場に出られるんじゃないかしら。行ってみましょうよ」

ちょうど図書室の前あたり、柵が途切れ、茂みに覆われた小道の入口がのぞいていた。

私たちはそこを降りていった。

木漏れ日が足元で揺れていた。ジェニャックのポケットで鳴るキーの音が、すぐ後ろで聞こえていた。やがて不意に視界が開け、クローバーが自生する小さな広場に出た。真ん中に、温室があった。

ルーキーの家にあったのとは正反対の温室だった。大きさはこぢんまりしたものだったが、緑があふれ、スプリンクラーが音もなく回り、内側にこもった熱気が水滴になってガラスを濡らしていた。いや、ルーキーの家の温室だって、昔はこんなふうだったのかもしれない。

ドアに鍵は掛かっていなかった。ほんの少し触れただけで簡単に開いてしまった。すぐさま、むせるほどに濃く湿った空気が私を包んだ。

「ジェニャック、ちょっとここに寄り道していいかしら」

振り向くと、そこには誰もいなかった。ついさっきまで間違いなくそばにいたはずの彼の姿が、きれいに消えていた。キーの音も足跡も残っていなかった。

「ジェニャック、ジェニャック」

私の声はどこにも届かないまま、木立の中へ吸い込まれていった。

自分が何か取り返しのつかない手違いを犯したような気分だった。でもその手違いがどこでどう起こってしまったのか、よく分からなかった。知らない間に風の向きが変わるように、私は温室の前に取り残されていた。

なのに少しも困惑していなかった。後悔も怯えも感じなかった。温室の奥から、あの匂いが、〝記憶の泉〟の匂いが漂ってきたからだ。

私は迷わず、温室の中へ入った。


胡蝶蘭《こちょうらん》、ヤマユリ、ジャスミン、サボテン、蓮《はす》、ゴムの木、トックリ椰子《やし》、バナナ、……いろいろな植物がびっしり生い茂っていた。どの花もきれいに咲き揃い、葉はみずみずしく、よく手入れされているのが分かった。片隅の棚にはジョロや剪定《せんてい》バサミはもちろん、肥料や農薬まで園芸用品が何でも揃っていた。スコップはたったいま土を洗い落としたばかりといった感じでまだ濡れていた。緑の間に紋白蝶が見え隠れしていた。見上げると西日がガラスに反射してまぶしかった。

そこをすき間なく満たしているのは、土と葉と花が混じり合った匂いだった。しかしその底に、身を沈めるようにして横たわっている香りが確かにあった。それを私が見逃すはずがなかった。

香りが漂ってくるままに、私は温室の突き当たりまでやって来た。そこはシダに覆われた洞窟の入口だった。蔓がぶら下がり、岩の割れ目から水滴がしたたり落ちていた。洞窟は深かった。行けども行けども先が見えてこなかった。ただあの香りだけは、途絶えることなく私を導いていた。

足元は岩でごつごつしているはずなのに、靴の下の感触はなぜか柔らかく、歩き心地がよかった。何か特別な苔でも生えているのだろうか。目を凝らしたが何も見えなかった。時折、水滴が髪と首筋を濡らした。

帰り道を覚えるためではなく、自分がどれくらい遠い場所へ行こうとしているのか確かめるために、一度だけ振り返った。温室の光が、手の届かないはるかな場所を照らしていた。

「よくいらっしゃいました」

と、その人は言った。

どう答えていいか戸惑い、私は立ちすくんでいた。

「よろしかったら、こちらへお座りになりませんか」

その人は木の椅子を一脚手前に引き寄せ、控えめな視線を私に送った。

「もちろん、無理にというわけじゃありません」

そこは岩に囲まれた小部屋だった。上から吊されたアルコールランプの明かりはあまりにも弱々しく、部屋の奥は薄ぼんやりとし、更に洞窟が続いているのかどうか見分けがつかなかった。一つはっきりしているのは、あの香りがこの部屋から発せられているということだった。

「〝岩のすき間からしたたり落ちる水滴。洞窟の湿った空気〟……」

私はつぶやいた。その人は怪訝《けげん》そうな表情も見せず、意味を問い掛けようともせず、じっと耳を傾けていた。

意図したわけではないのに、その言葉が唇からこぼれてきた。子守歌を歌うような、詩の一節を朗読するようなつぶやきだった。弘之がフロッピーディスクに残していた言葉だった。

「ごめんなさい。迷子になってしまったみたいなんです」

勧められるまま私は椅子に腰掛けた。

「謝る必要なんてありませんよ」

身体を柔らかく包んでくれる気持のいい椅子だった。下は岩がむき出しで絨毯も敷いていないのに、すこしもぐらぐらせず、岩の窪みにすっぽりと納まっていた。

「温室のドアが開いていたものですから、勝手に入って来てしまいました。入場料はどこでお支払いしたらいいのでしょう」

私の声はすべて、どんなに些細な吐息でも全部洞窟に反響し、外の世界よりもずっと強く鼓膜を揺らした。だから注意深く、ゆっくりと喋らなければならなかった。

「入場料？　そんな心配をして下さったのは、あなたが初めてだ」

その人は微笑んだ。

「どうぞ、何もご心配なさらないで……」

その人は左手をほんの少しだけ持ち上げ、掌をこちらに向け、またすぐ元に戻した。たったそれだけの仕草が、印象深く視界の隅に残り、いつまでも消えなかった。音だけでなく身体の動きまでが幾重にも反響し、特別な影を作り出しているかのようだった。その人が動くたび、〝記憶の泉〟は一段とはっきり匂った。

「それにしても、どうしてあなたと言葉が通じるんでしょう……」

自分自身に問い掛けるように、私はつぶやいた。

「言葉の種類なんて、些細な問題です。あなたと私はこうしてお話しできるんですから、それで十分じゃありませんか」

その人は袖口を撫で付けた。

私たちの間には四角い机が一つあり、その上に二人分のティーセットが揃えてあった。何の装飾もない、傷だらけの机だった。三方の壁は岩を削って作ったらしい棚になっていて、同じ形をした小さな壺が規則正しくいくつも並んでいた。光の加減で奥の様子は見えなかったから、一体壺が何個あるのか確かめることはできなかった。ずっと遠くまで果てしなく棚が続いているような気もしたし、もうすぐそこが行き止まりのようにも見えた。

「ここと似た場所を、知っています」

私は言った。

「調香室です。香水を調合する部屋……。棚に囲まれてて、そこには香料の入った小瓶がびっしり並んでいるんです。倒れたり、蓋がゆるんでいたり、ラベルが隠れたりしているのは一本だってありません。わずかな狂いもないよう、ちゃんと分類されているんです。空気の冷たさや、流れ方や、鼓膜に張り付いてくるような、しんとした静けさも似ています。それから、ささやき声で喋らなくちゃならないところも。調香室で大きな声を出すと、秤の針がぶれてしまうから……」

「そうですか」

その人はうなずいた。

「静けさが何より大事なんです。匂いをかぎ分けようとする時、人は誰でも自分が抱えている広大な過去の世界へさ迷い出て行きます。過去の世界に音はないんです。夢が無音なのと同じです。その時道標《みちしるべ》になるのはただ一つ、記憶だけです」

温室の入口で味わった〝手違い〟の感触が、まだどこかに残っていた。何かがぶれているのだ。

どうして私は見ず知らずの人に、調香室の話などし始めているのだろう。なぜこの人はそれをいぶかりもしないのだろう。そしてここは何処《どこ》なのだろう。

でも一番不思議なのは、自分がその手違いを正そうとしないことだ。意識のスイッチをどこか切り替えるだけで、すべてがすっきり片付きそうなのに、何一つ質問もせず、ただ心に浮かんだままを口にしていることだ。

「ここなら安心です。邪魔な音は届いてきません。この洞窟はとても頑強な岩でできていますから。ところで、お茶はいかがです？　ちょうど飲み頃になったはずです」

「ええ、いただきます」

ティーセットもやはり粗末な品だった。ポットの口は欠けているし、カップの内側は茶渋が染み込んで変色していた。その人はお茶を注ぎ、スプーンを添え、砂糖壺と一緒にカップを私の前へ滑らせた。

その人の言う通りだった。お茶がしたたり、スプーンがカップにぶつかり、砂糖壺が机の上を滑ったのに、音がしなかった。

鼓膜が破れたように急に耳が聞こえなくなったというのではない。確かに空気は震えているのだが、岩に響いたとたん、それは音とは違う種類の気配のようなものに姿を変えてしまった。

「ああ、美味しい。少しくたびれていたんです。図書室に私の探している資料は一行もなかったし、数学コンテスト財団の支部には浮浪者が住み着いているし、夕焼けを見ようとしたのに日が暮れないんです」

正直に言えば、本当に美味しいと思ったわけではなかった。今まで一度も口にしたことのない種類のお茶だった。味はなく、感じ取れるのは温かさだけだった。ベールのように身体を包み、味よりもずっと気持のいい感触を与えてくれる温かさだった。

「いくらでもお代わりがありますよ」

「ありがとうございます」

上から落ちてきたしずくがお茶の中に入ったが、構わず私は飲み続けた。

その人は机の上で指を組み、私が十分に温まるのを辛抱強く待っていた。くつろいだ様子で椅子にもたれ、ゆっくりとまばたきをし、時折組んだ指の間に視線を落とした。

改めて私はその人を観察してみた。何と表現していいのだろう。初対面の人と会う時無意識にそうするように、髪型とか顔の作りとか洋服の趣味で特徴をとらえようとしても、なぜかうまくいかなかった。もちろん髪は生えているし、顔はすぐ目の前にあるし、何かしらを身につけている。けれどそれを具体的な形として意識できないのだった。

髪も顔の輪郭も半ば闇に溶け出し、形を目で追うことは難しく、洋服はまさに岩と同じ色で、宙から暗闇を一枚はいできてまとっているようだった。極端に言えば、老人なのか若者なのか、大柄なのか小柄なのかさえぼんやりとしていた。その人にとっては、そんな区別はたいした問題ではなかった。その人を形作っているのは物ではなく、気配だった。

「この上はちょうど修道院の図書室じゃないかしら」

ランプを見上げながら私は言った。

「さあ、どうでしょう。私は洞窟の上に何があるかなんて、考えたこともありません」

二杯目のお茶が注がれた。

「どんな種類であれ、図書室に足を踏み入れると必ず、いつも同じ気分に陥ります。世の中には何とたくさん、書き残しておくべき事柄があるのだろうか、と」

「頭で考えるより、世界はずっと入り組んでいるようです」

「そのうち、私が触れることができるのは、ほんの数ページしかないんです……」

その時背後で何かが動いた。驚いて振り向いた拍子にお茶がこぼれた。

孔雀だった。ク、ジャ、ク……。私は胸の中でその言葉をつぶやき、自分が決して間違ってはいないことを確かめた。

全部で五羽いた。岩の突起にか細い爪を噛ませ、そろりそろりと暗闇の中から出てきた。私に気づいても平然としたままで、時々歩きながら首をしならせ、頭のてっぺんの冠羽根を揺らした。やがて棚の下と、机の脇と、私の右隣にそれぞれ場所を定め、窪みにたまった水をついばみ始めた。絶えずさわさわと、羽根がこすれ合っていた。

「孔雀です」

その人の口調がとても慈愛に満ちていたので、私はすぐに混乱をおさめることができた。いつの間にかこぼれたお茶は拭き取られていた。私を導いた香りは、その孔雀たちから発せられていた。

「私は孔雀の番人なのです」

「番人？」

「ええ、そうです。彼らの世話をし、見守るのが仕事です」

私はこっそりバッグの中に手を忍ばせ、弘之にもらった香水瓶を握った。蓋に彫られた羽根の模様は滑らかで繊細だった。

「美しい鳥だわ」

「ありがとうございます」

自分のことを番人と呼ぶその人は、黒い服の袖口を翻《ひるがえ》し、二度指を鳴らした。彼らは水を飲むのを止め、五羽寄り添い合い、再び奥へと消えていった。残り少なくなった二杯目のお茶を私は飲み干した。

しばらく沈黙が続いた。二人ともその沈黙にだけ耳を澄ませ、じっと動かないでいた。風などないはずなのに、ランプの炎が揺らめいていた。

「明日もまた、孔雀を見に来てもいいでしょうか」

私は言った。

「もちろんです。お待ちしています」

まだどこかで、羽根のこすれ合う音がしていた。


温室を出ると、外はすっかり日が暮れていた。私は修道院の裏庭まで戻り、〝飢えの壁〟を駆け降りて駐車場へ急いだ。何時を知らせているのか、教会の鐘が鳴っていた。

駐車場の水飲み場のステップに、ジェニャックは腰掛けていた。心細げに背中を丸め、膝を抱えていた。財団のビルではあんなにたくましくエスコートしてくれたのが、こうして夕暮れの中で遠くから見ると、急に未熟な少年に戻ったようだった。

「ジェニャック」

私は手を振った。息が弾んでうまく声が出なかった。いつの間にか自分が、この難しい名前の発音をすっかり覚えていることに気づいた。

ジェニャックは振り向き、私を見付けてパッと笑顔を浮かべた。つい昨日知り合ったばかりの、言葉も通じない私なのに、誰より大事な待ち人があらわれ安堵するように、彼も元気よく手を振り返した。

11

　私はビデオをセットし、少しの間迷ってからスタートボタンを押した。昼食のあと自室に引きこもったままの母親に気づかれないよう、音量を下げた。

　いつもの通り昼食はサンドイッチだった。レタスがトマトに、バターがマヨネーズに変わっているだけだった。母親は私が残した分も全部食べた。

　古い録画の上に、何度も繰り返し再生されたらしく、画面は乱れ音声はくぐもって聞き取りにくかった。私はソファーを離れ、テレビの前に座り込んだ。

　冒頭、何本かコマーシャルが流れた。アイスクリーム、ガソリン、生命保険……。黒縁の眼鏡を掛けた小太りの男と、ミニスカートをはいた若い女が登場し、声を揃えて叫ぶ。

「天才ちびっ子・びっくりショー！」

ファンファーレが鳴り、しまらない音楽が演奏され、スタジオの観客が拍手をしはじめる。歌手、コメディアン、漫画家、作家。次々審査員が登場してくる。でもまだ弘之の姿は見えない。

ビデオテープは〝トロフィーの間〟の、洋服ダンスの引き出しにしまわれていた。【弘之テレビ出演　TSH放送　昭和51年5月4日】と書かれたラベルの文字の丁寧さで、このテープがどれだけ大切にされてきたか分かった。私はそれをセーターの中に隠し、こっそり持ち出した。母親には知られない方がいいのではないかという予感がした。弘之の思い出に指の脂がつくことを、あれだけ嫌っているのだから。

最初は六歳の民謡歌手だった。ゲストが日本地図にダーツを投げると、刺さった場所にふさわしい民謡をすぐさま歌った。明らかに着物が大きすぎ、あちこちが不格好にもこもこと膨らんでいた。歌っている最中、頭を振った拍子に花の髪飾りが外れて落ちた。

二番目は似顔絵の得意な幼稚園児、次は一輪車乗りの兄弟、その次は目隠しをしてバッハの無伴奏パルティータを演奏する八歳のバイオリン少女。

司会の二人はいちいち大げさな驚きの声を上げた。眼鏡の縁に手をやって、

「いやあ、全く……」

というのが男の口癖だった。アシスタントの女は子供に質問しようとして身体をかがめるたび、ミニスカートから下着がのぞきそうになった。絶えずジリジリと雑音が混じり、三分おきに白黒の二本線が入って画面を揺らした。

「それでは五番目のお友だちに登場してもらいましょう」

作り笑いを浮かべながらアシスタントが片手を上げる。画面の左手から弘之が姿をあらわす。

折り目のきちんと入った少し長めの半ズボンに、白いシャツとニットのベスト。足元には真っさらの革靴。――間違いない。十一歳の弘之だ。

うつむき加減に真ん中まで歩いてきて、正面を向いてもまだ視線を上げようとしない。緊張のためというより、手持ち無沙汰でどうしたらいいのか分からないといった感じで、手を握ったり開いたり、後ろで組んだりしている。髪は一本の乱れもないよう櫛でとかれ、ベストの胸には、おそらく母親が刺繍《ししゅう》したのだろうイニシャルのHの文字が見える。

お名前は？　何年生かな？　今日は誰と一緒に来たの？　アシスタントが次々質問を浴びせる。誰も僕の名前なんて知りたいとは思っていないはずなのに、とでも言いたげに、弘之は聞き取れないほど小さな声で喋る。アシスタントは口元に耳を近付けようとするから、ますます下着が見えそうになる。

「ちゃんとお昼ご飯食べたか？」

司会者がおどけて弘之のお腹をさすると、客席から笑いが起こる。けれど彼は表情を崩さない。ベストの裾を直しただけだ。

これが本当に弘之なのだろうか。私は何度もそう問い直さないではいられなかった。手にはまだ子供らしい丸みが残り、足はか細く膝だけが目立つ。肩の輪郭にはわずかながらも大人へ近づいている力強さが感じられるけれど、首は頼りないほどに弱々しい。鼻は……そう、一番大事な鼻は、うつむいているのでよく見えなかった。

その鼻はやがて、この世のあらゆる香りをかぎ分け、記憶しておくことができるようになる。そのことをまだ誰も知らない。司会者も審査員も観客も、目の前にいる恥ずかしがり屋の少年をただ面白そうに眺めているだけだ。

やがてその足はしなやかに伸び、筋肉をつけ、香料の棚の前を、目指す匂いを求めてさ迷うようになる。指は成長し、香料の瓶を魅惑的な動きで開けるようになる。そして私の乳房を愛撫するようになる。

問題が出される。

「あるコンテストでは賞品にチョコレートがもらえます。１位が10kg、２位以下は前の順位の半分の重さのチョコレートがもらえます。ただし、入賞者のうち最も低い順位の人は、その前の順位の人と同じ重さのチョコレートがもらえます。

問１　６位までを入賞とすると、チョコレートを全部で何kg用意すればいいでしょう。

問２　１００位までを入賞とすると、全部で何kg用意すればいいでしょう」

　審査員たちも一緒に問題を解く。みんなぶつぶつ言いながら計算している。コメディアンは「問題の漢字が読めないよ」と言って鉛筆を放り投げる。また笑いが起こる。

　弘之は特別に与えられた立派な机の前に腰掛け、用紙に視線を落としている。唇をきつく結び、鉛筆も持たず、まばたきもしない。仕舞っておいた匂いを取り出そうとして、ムエットに鼻を近付けていた時と同じ横顔だった。

　問題が難しすぎて手が出ないんじゃないかと、アシスタントが心配気な表情をしている。弘之は考えてなどいないのだ。数字で彩られた意識の海にじっと身を潜め、この狂騒の時間が早く過ぎ去ってくれないかと待っているだけだ。

「はい、解けました」

　一つ息を吐いてから、弘之は黒板へ進み出、説明を始める。

「計算はする必要がありません。正方形を作って考えれば簡単です。こんなふうに……」

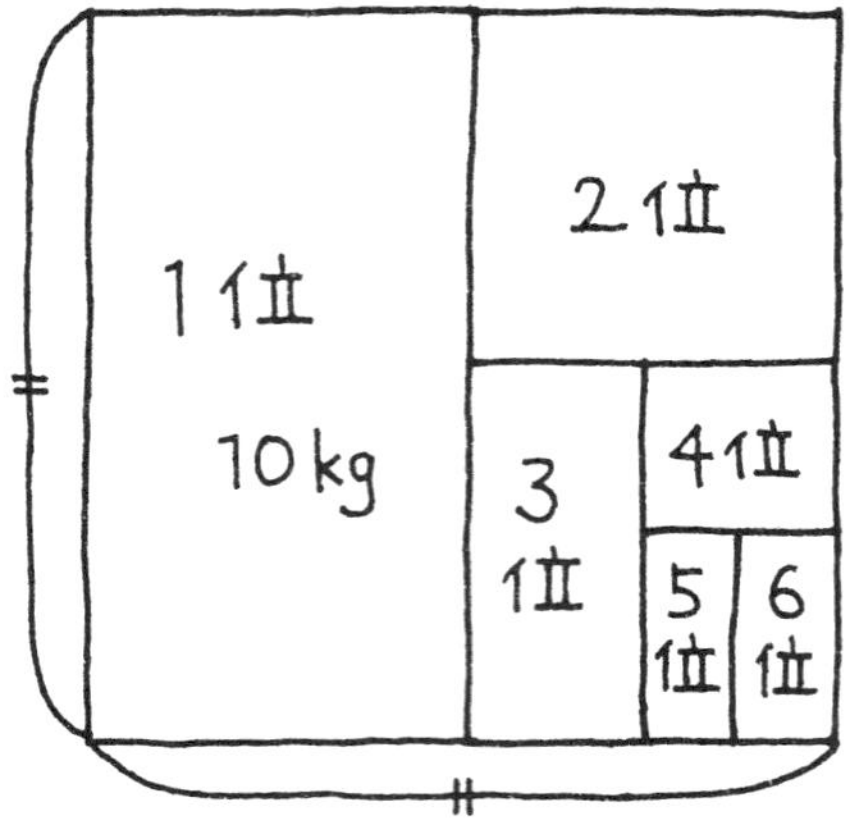

彼は黒板に小さな正方形を書く。スペースは広々と空いているのに、手に隠れて見えないくらい小さな正方形だ。それを、線を引いて六つに分割してゆく。定規で引いたような真っすぐな線を、彼は引くことができる。

「ですから答えは20kg。入賞が100位になっても200位になっても、同じです」

感嘆の声が上がり、拍手が巻き起こる。カメラが動いて観客席を映す。その中央に母親がいる。

他の誰もが一種の仕事のように拍手をしている中で、明らかに彼女だけが違っていた。身を乗り出し、すさまじい勢いで手を打ち鳴らしながら、喜びと誇らしさに満ちあふれた瞳でただ弘之だけを見つめていた。

今よりもふっくらとして髪が短い。付け睫毛もしていないし、白粉も飛び散っていない。

弘之はますます肩をすぼめ、後ずさりしてゆく。身体を小さくすればするほど、拍手が早く止《や》んでくれるとでも思っているかのようだ。いつでもそうだ。正しい解答を出したあとは必ず、こうして申し訳なさそうにするのだ。

審査員たちが一斉に口を開く。司会者がまたマイクを向ける。弘之は懸命に答えようとする。十分に正しい答えを出したのだから、もう何も喋る必要などないはずなのに、それでも彼はどうにかして言葉を探そうとする。ボリュームを上げよく聞き取ろうとした時、白黒の二本線があらわれ、一段と雑音が大きくなる。弘之は切断され、バラバラにされる。どんなに耳をそばだてても、彼の声は届いてこない。


「この前は、不愉快な思いをさせてごめん」

浜に引き上げられたボートの縁に腰掛け、彰は言った。

「お母さんのこと?」

私も隣に座った。うん、と彰はうなずいた。

「少しも嫌な思いなんかしていないわ。気にしないで」

「発作みたいなものなんだ。時々あんなふうになって、手が付けられなくなる。決して姉さんのことが嫌いなわけじゃないんだよ」

「ええ、よく分かってる。もうその話はよしましょう」

シーズンオフにも拘《かか》わらず、浜辺には人が集まっていた。おじいさんは犬を散歩させ、子供らはフリスビーに歓声を上げ、恋人たちは防波堤の上で身体を寄せ合っていた。けれどどんなざわめきも、全部波の音に吸い込まれていった。

夏になれば海の家を作るのに使うのだろう材木が、貸しボート屋の脇に束ねてあった。食堂のガラス窓に貼られたメニューは、潮風にさらされ破れかけていた。まだ寒いのに、海にはいくつかウインドサーフィンが浮かんでいた。

「どんな種類であれ、ルーキーに関わりのある何かを、姉さんに嫌いになってほしくないんだ。スケートでも、トロフィーでも、母さんでも……」

ちょうど正面の中ほどに、三角形をした小島が浮かんでいた。その向こう、水平線のあたりは霞がかかってぼやけていた。細長い貨物船が遠くに見えるだけだった。

「それから僕のことも……」

彰は足元の砂を蹴った。貝殻や干涸《ひから》びた海藻や小枝や虫の死骸や、いろいろなものが出てきた。

「そんな心配、しなくてもいいのよ」

私は身体をかがめ、彰のスニーカーに掛かった砂を払った。

「ありがとう、姉さん」

と、彼は言った。

太陽はそろそろ傾こうとしていたが、水面はまだキラキラと光ってまぶしかった。波がきれいにならした砂の上を、犬が走っていった。三角の小島の岩場では、カモメが数羽休んでいた。

「ドールハウスのお屋敷は完成した？」

私は尋ねた。

「まだまだだよ。ゆうべようやく、応接間が完成したところ」

「できたら、ガールフレンドにプレゼントするの？」

「ううん。彼女はあんなもの、喜びはしない。部屋にずっと飾っておくんだ。いつまで見てたって安心だよ。暖炉の火は消えないし、ケーキは腐らないし、赤ん坊は赤ん坊のままだ」

私たちはしばらく砂浜を歩いた。顔を見ずにただ体温だけをそばに感じている時の方が、よりくっきりと弘之の姿がよみがえってきた。今こうして私のすぐ近くにいる人間が、手をのばせば腕でもシャツでも容易につかめるほど近くにいるこの人間が、こちらを振り向きもしないまま突然いなくなるなんて、そんなことが本当に起こり得るのだろうか。しかも、どこを探したって二度と見つかりはしないのだ。

彼はこうしてちゃんと歩いている。砂浜に足跡を残している。全身を形作る骨、それを包む肉と皮膚。その奥に詰まった内臓。髪の毛、眼球、歯、爪……。これだけの分量の物が全部消えてしまうなんて、とても信じられない。

彼が存在しているか、いないか、それは触れるものがあるかないかの、些細《ささい》な違いでしかないのに、二つの間を埋められる物は何一つない。恐ろしいほどに何一つない。たまらなくなって私は、隣に手をのばそうとしてはっとし、自分を押しとどめた。彼はルーキーじゃない。彰だ。

「兄貴が死んで、今日で何日めだろう」

「六十二日よ」

「すぐに答えられるんだね」

「そう。ルーキーが死ぬ前と、後と、何もかもが違ってしまったから。全部があの日を基準に過ぎてゆくの」

「いつか数えられなくなる日が来るさ。何億何千何百何十万……ってね」

「数字は無限よ」

「僕たちはルーキーほど数字に強くないから大丈夫。じきにややこしくなって、計算できなくなるよ」

潮が満ち始めていた。貨物船は岬の陰に隠れようとしていた。ウインドサーフィンの帆がいつの間にか見えなくなっていた。靴の中が砂だらけだったが、構わず歩き続けた。

「僕が四つでルーキーが八つの時、二人で家出して、こんなふうに海岸をずっと歩いて行ったことがあるなあ。ちょうど、コンテストに出始めた頃だ」

彰が言った。

「原因は何？」

しぶきが足元にまで掛かるようになった。振り向くと、二人分の足跡が斜めに続いていた。

「親父の聴診器を壊したんだ。一人でこっそり書斎で遊んでいてね。書斎に入っちゃいけないって、厳しく言われていたのに。ルーキーはちゃんと言い付けを守っていたけど、僕はそんなのお構いなしだったからさ。重い辞書の下に聴診器があるのに気づかないで乗っかったら、胸に当てる丸いところが割れちゃった。気づかれないようにそっと元に戻して、誰にも黙っておいた。自然に割れたってことにしようとしたんだ」

「で、お父さまに見つかったのね」

「誰がやったんだ、って親父は怒った。聴診器がどれほど大切なものか、なんていうことは一言も説明してくれない。ただもう誰がやったか、それが一番重要だったんだ。そうしたらルーキーが、僕がやりました、と言った。うな垂れて、元気なく、でも冷静な声できっぱりとね。どんなふうに聴診器が壊れたのか、その瞬間を再現さえしてみせた。隠れて見てたんじゃないかと思うくらい、正確な再現だったよ。兄貴は学校に行ってて家にいなかったはずなのに、辞書の位置から、踏んだ角度から、潰れた時の音まで、見事に説明したんだ。不思議な気分だった。どうして兄貴が謝っているのか、不思議すぎて事実を告白するきっかけをなくしてしまった」

「あなたをかばったんじゃないかしら」

「いいや、違う。そういうのとは違ってた。うまく説明できないけど、自分で罪を被るとか、その場を丸く収めたいとか、そんな計算された行為じゃなくて、もっと自然なんだ。数学の問題をさらさら解くみたいに、ルーキーはごく自然に振る舞ってた。真犯人の僕でさえ、もしかしたら本当にルーキーがやったのかもしれないって思ったくらいだ。親父は『明日の回診、どうしてくれるんだ』って捨て台詞を吐いただけで、お仕置きはしなかったよ。当然僕が犯人だと信じていたのが、思いがけず兄貴だったから、拍子抜けしたんだろう。ふてくされて温室に籠って、蘭の世話を始めた。いつでもそうさ。親父は気に入らないことがあると、温室に逃げ込む」

「でも、じゃあどうして家出する必要があったの？」

「分からない。ルーキーが家出しようって言ったから、僕も付いていった。兄貴に大きな借りを作ってしまったのは事実だし、何よりどうしてあんな嘘をついたのか、理由が知りたかったからね」

「どこへ行くつもりだったの？」

「さあ……。ただ歩いたんだ。ルーキーと僕と、海岸に沿ってどこまでも。季節も時間も、今くらいだった。ルーキーはずっと黙ったきりだった。別に怒っていたわけじゃない。真っすぐ前を向いて、立ち止まったり振り返ったりしないで、とにかく遠くへ行こうとしていたんだ。海に沿って行けば、いつかは見たこともない場所へたどり着けそうな気がした。何故僕の身代わりになったのか、理由を聞くことはできなかったよ。遅れないように付いて行くだけで精一杯だったし、余計なことを口走って、ルーキーに見捨てられたらと思うと怖かったんだ。一人で遠くへ行く勇気はなかったから。それにその頃にはもう、聴診器を壊したのは本当は僕ではなく、やっぱりルーキーだったんだと、信じるようになっていた」

「結局、どこへたどり着いた？」

私は彰を見た。初めて会った時より髪が伸び、横顔を半分陰にしていた。霞の向こう側から少しずつ、夕焼けが迫ろうとしていた。

「暗闇さ。何にも目に映らない、風も吹かない、冷たい暗闇。日が暮れたのに子供だけでいるから、おかしいと思ったらしいお節介なおばさんに、交番へ連れていかれた。それでお仕舞い」

彰はズボンのポケットに両手を突っ込んだ。丸めた背中が、ビデオで見た弘之の姿に似ていた。

今度こそやめようと、私は自分に言い聞かせた。兄弟なのだから似ているのは当たり前なのだ。それを見つけ出して、いちいち心に留めるのは、もうやめよう。やめなければいけない。私は風で乱れた髪の毛を指でといた。

何軒か民宿が続き、雨戸を閉めたままの別荘があり、釣舟の桟橋があった。砂浜はゆるやかにカーブし、岩場に突き当たった。波はもうすぐそこまで迫っていた。貸しボート屋は見えないくらい遠くなったのに、小島はずっと同じ場所に浮かんでいた。

「ここも乗り越えて行ったの？」

「うん。ルーキーが引っ張り上げてくれた。ルーキーは怖いもの知らずだったんだ。だからスケートのジャンプだって宙返りだって、すぐできるようになった。あんなややこしい数字の世界にだって、ずんずん入っていけた。こんな崖を登るくらい、わけないんだ」

波が岩肌にぶつかって、しぶきが上がった。けれど二人とも、それを避けようとはしなかった。彰のズボンの裾は濡れて色が変わっていた。

「さあ、戻ろう」

彰は言った。

「この向こうへ、私を引っ張り上げてはくれないの？」

私は尋ねた。

「無駄だよ。これを登ったって、遠くへは行けないんだ。僕とルーキーとで、もう確かめたんだから、間違いない。さあ……」

彰は私の背中に触れようとした。その時、ポケットから何かがパラパラとこぼれ、砂の上に落ちた。

　ドールハウスの化粧台と、フライパンと、階段の手すりだった。波が来る前に急いで私はそれを拾い集め、彰に返した。

「ありがとう、姉さん」

　私が何かしてあげるたび、彼は律儀にお礼を言った。私に向かってというよりは、兄さんの恋人に世話を焼かせちゃってごめんと、ルーキーに謝っているような口調だった。感謝の言葉には違いないのに、哀しい響きがした。

「プラハへ、行ってみるわ」

　私は言った。えっ、と彰が聞き返した。

「ヨーロッパコンテストで一緒だった、杉本っていう女の人に会って、それからプラハへ行ってみる」

　彼は何も答えなかった。ただ化粧台とフライパンと階段の手すりを握り締め、またポケットにしまっただけだった。

食卓に食器を並べる音が聞こえている。

「駄目よ。あなたはママの右隣でなくちゃ。涼子さんはこっち」

珍しく気分がいいのか、母親は明るい声であれこれ指図をしていた。

「分かったよ。だけどちょっとそれじゃあ、間があきすぎてない？」

うまく母親をあしらいながら、手際よく支度をしている彰の様子も届いてきた。今晩のメニューは何だろう。台所では肉の焼ける匂いがしていた。

私は日除け棚の下にあるベンチに腰掛け、夕食ができるのを待っている。すっかり日が暮れ、空の高いところに満月が昇り、街灯にも明かりがついた。庭に点々と散らばる石の人形たちはみな、夜の中に姿を消そうとしていた。風が吹くと棚の上で葉がこすれ合う音がし、垂れ下がったカズラの蔓が揺れた。

「姉さん、そんな所に座ってたら毛虫が降ってくるよ」

窓越しに彰が声を掛けてくる。

「平気よ」

「今年はまだ薬をまいていないからね。刺されるとすごく痛いんだ」

母親はナプキンをたたみ、ナイフとフォークを並べている。わずかな狂いも見逃すまいとするように、腰をかがめ、フォークの先を決められたラインに揃えようと苦心している。

温室のガラスに月の光が当たり、そこだけがぼんやりと明るかった。しかし昼でも夜でも、そこに詰まっている静けさの種類に変わりはなかった。

彰の言う通り、下のレンガには何匹も毛虫が落ちていた。きれいな黄緑色をした毛虫だった。あるものはどこかへ逃げようとして懸命に這い回り、あるものは潰れて透明な体液にまみれていた。

「お待ち遠さま。できたよ」

彰と母親はテラスまで降りてきた。

「さあ、涼子さん。うんと食べて下さいね」

彼女はようやく私の名前を覚えることができた。

「どうしてあの温室は、空っぽのままなんでしょう」

どちらに質問するでもなく、私はつぶやいた。

「主人が大事にしていた温室なのよ。あふれるくらいいっぱい植物を育ててね。家族中誰も、そんなものに興味を示さなかったのに……。どんなに珍しい花が咲いたって、誰も気に留めないし、誉めやしない。主人が死んで、放っておいたら、あっという間にみんな枯れてしまったわ」

これほどまとまった話のできる彼女を見るのは初めてだった。ここしばらく薬の種類を変えたと彰が言っていたから、そのせいかもしれない。エプロンなどつけ、いつになく姿勢もよく、目付きが落ち着いていた。ただ化粧の濃さだけは変わりなかった。今日のアイシャドーはエメラルドグリーンとターコイズブルーと黄土色だった。

「僕が全部運び出して捨てたんだ」

彰が言った。

「どんどん枯れてゆくのよ。死体が腐るみたいに」

彼女は足元の毛虫を踏み潰した。

「荒れ果てた温室より、空っぽの温室の方が、親父の形見としてはふさわしいんじゃないかと思ってね」

「そう言えば、ルーキーがあそこに籠城したことがあったわ」

サンダルの底をテラスの縁にこすりつけながら、母親は言った。

「そうだね。プラハから帰ってしばらくたった頃だ」

「ある朝起きたら、姿が見えなかったの。みんなで探したら、温室に隠れてたのよ」

「ああ、覚えてる。内側から針金で扉をくくりつけて、開かなくしてあったんだ」

「蘭の植木鉢やらマンゴーの木やら肥料の袋やらが並んでいる角の小さなすき間に、器用に身体を押し込めていたわ。あんな大きな子が隠れるスペースなんてないと思ったのに。両足をぐっと折り曲げて、片手はマンゴーの幹の間に滑り込ませて、もう片方は自分のお尻に敷いてた。顎を膝の間にねじ込んでいたから、表情は見えなかったけど、悪戯《いたずら》をしているうちに妙なすき間に挟まって、出てこられなくなったっていう感じだった。ママは最初、ばつが悪くて、みんなに合わせる顔がないんだわと思ったのよ」

　母親は休みなく喋った。記憶を手繰り寄せようとして、言葉に詰まるということがなかった。すぐ目の前の風景を描写しているかのようだった。

　私たちは一緒に温室を見やった。ガラスをすり抜けた月の光はどこにも逃げ出せないまま、幾重にも重なり合いながら淀んでいた。母親の声に誘われ、弘之の影がガラスに浮かび上がってくるのを待つように、私たちはそこから目をそらさないでいた。

「平気よ。誰も笑ったりしないわ。一番にママはそう言ったのよ。ちょっとしくじっただけでしょ？　心配いらないわって。でもルーキーは動こうとしなかった。指一本だって動かさなかったの。だんだん心配になってきたわ。息さえしていないように見えたんですもの。悪戯や冗談なんかじゃなかったのよ。あんな格好のまま長い時間じっとしていたら、身体が変なふうに折れ曲がって、元に戻らなくなる、血の巡りが悪くなって腕が腐ってしまう、と思ったわ」

「父さんと僕は針金を外そうとしてガチャガチャやる。ママは涙声で説得する。朝っぱらから大変な騒ぎだよ。今から思えば、滑稽だけどね」

彰は日除け棚の支柱にもたれ、髪をかきあげた。まだ潮の香りが残っていた。

「滑稽だなんて、よくそんなことが言えるわ。ママもルーキーも真剣だったのよ。お願いだから出てきてちょうだい。そうじゃなきゃ、一生植物みたいに動けなくなるわよ、って説得したの」

「原因は何だったんですか？」

私は尋ねた。

「高校をやめるっていうことを、つまりそういうやり方で宣言したんだ」

彰が答えた。

「そうなの。話し合いも何もないわ。とにかく自分で自分を閉じ込めて、学校へ行けなくしたのよ。ガラスを割って中へ入るよう、私は提案したの。それ以外方法がないでしょ？　なのにパパったら、すぐさま反対したわ。外気が入り込んで、蘭が枯れるから駄目だって……」

台所でオーブンのタイマーの切れる音がした。肉が焼き上がったのだろう。テーブルにはもう赤ワインとオードブルの皿が並んでいた。

「さあ、晩飯にしよう」

彰が言った。

「そうしたらあの子、不意に顔を上げて、手当たり次第蘭の花を千切って食べたのよ。むしゃむしゃ、美味しそうに……」

母親は目を伏せ、もう一匹毛虫を殺した。

12

次の日、ジェニャックが迎えに来る前に、もう一度洞窟を訪ねてみようと思い、一人でトラムに乗ってストラホフ修道院まで行った。裏庭の小道から林に入り、昨日と同じ所を下っていったはずなのに、いつまでたってもクローバーの広場は姿をあらわさなかった。見逃したのかと思い、引き返したり、もっと下まで降りてみたりしたが、同じことだった。鳥のさえずりが聞こえるばかりで、温室はどこにもなかった。

それに何より、〝記憶の泉〟の香りが消えていた。目を閉じ、林の中からあの匂いをかぎ分けようとしていくら神経を集中させても、無駄だった。

突然、巡礼歌を奏でるロレッタ教会の鐘の音が響き渡った。乾いた残響が丘を包み、小鳥たちが一斉に飛び立った。これ以上ここにいると、迷子になりそうな気がして、仕方なく修道院を後にした。

帰りはカレル橋のたもとでトラムを降り、そこから歩いた。朝早いせいで観光客も物売りの姿もほとんどなく、川面からは朝靄が立ち昇っていた。粗末な木製のボートがいくつか浮かび、釣糸を垂らす男の姿が見えた。水面にのぞく杭にはどれも、一羽ずつ水鳥が止まっていた。

昨夜はあまり眠れなかった。冷蔵庫の中にあったワインを全部飲んだが、効果がなかった。仕方なく、日本から持ってきた数少ない手掛かりをもう一度よく点検してみた。数学コンテスト財団の住所。これは役に立たなかった。コンテストの会場になったベルトラムカ荘のパンフレット。ここには明日かあさって行ってみよう。仙台まで行って杉本史子から話を聞いた時のテープ。そして、弘之がフロッピーに残していた匂いに関するメモ。

ベッドの縁に腰掛け、サイドテーブルの小さな明かりの下で、私はそのメモを広げた。何度も繰り返し読んだので、もうすっかり覚えてしまった。

岩のすき間からしたたり落ちる水滴。洞窟の湿った空気。締め切った書庫。埃を含んだ光。凍ったばかりの明け方の湖。緩やかな曲線を描く遺髪。古びて色の抜けた、けれどまだ十分に柔らかいビロード……。

橋に敷き詰められた石はどれも黒ずみ、すり減っていた。この石のどれかを、弘之も踏んだに違いない。プラハに来てからずっと、私はそうした思いから逃れることができないでいた。このドアノブをルーキーも握ったかもしれない。このテラスでコーヒーを飲みながら、広場の鳩を眺めたかもしれない。この通りで、カーブしてゆくトラムのブレーキ音を聞いたかもしれない。

私の知らない十六歳の弘之が渡った橋を、彼を失った私が同じように渡っている。彼はもういないのに、どうして橋はそのまま変わらずにあるのか、そのことが不思議でならなかった。

厚ぼったいコートをはおり、皺だらけの紙袋を提げた老人が、すれ違っていった。欄干にもたれ水鳥たちにパン屑をまいている中年の女は、腎臓の病なのか足がむくみ、パンプスの縁から腫れた甲がはみ出していた。

昔この橋を誰が渡ったか、そんなことに思いを巡らせている人など一人もいなかった。皆こちら側からあちら側へ、あちらからこちらへ、ただ渡ってゆくだけだ。

旧市街広場へ通じる橋塔が、朝日に照らされていた。塔の小窓から誰かがこちらを見下ろしていた。はっとして目を凝らすと、もうそこに人影は映っていなかった。

会ったこともないくせに、十六歳の弘之に似ている気がした。でももしかしたら、朝日に誤魔化されたのかもしれない。私を見下ろしているのはただ、欄干に並ぶ三十体の聖像だけだった。


「ここの温室にも蘭が咲いていますね」

私は言った。ええ、とその人はうなずいた。

「蘭は、どんな味がするんでしょう」

私は尋ねた。

「そうですねえ……」

その人は暗闇に視線を泳がせながら、しばらく考えていた。どんな質問にでも、じっくりと考えてから答えるのが、その人のやり方だった。

最初のうち、何か困らせるようなことを聞いてしまったのかと心配になったが、すぐに慣れた。番人が発する言葉は、光の届かない洞窟の奥から届いてくるから、時間がかかるのだった。

「苦いかもしれません。味などないのかもしれません。でも、決して不愉快ではないでしょう」

「なぜですか?」

「あんなに美しい花ですから。人を傷つけたりはしません」

「そうですね。なら、安心なんです」

私たちは向かい合ってテーブルにつき、お茶を飲んでいた。その人の様子も、洞窟の壁の湿っぽい感触も、お茶の温かさも、昨日と同じだった。もしかしたら自分は昨日からずっとここにいたんじゃないかと思うくらい、何もかもが同じだった。

知らない間に孔雀があたりに集まってきていた。暗がりに半分隠れているのもいれば、テーブルの下に首を伸ばそうとしているのもいた。ランプの光のせいなのか、首からお腹にかけて、見るのが怖いくらいに濃い青色をしていた。〝記憶の泉〟を発しているのは、この青色かもしれないと思った。

「奇妙なんです」

私は言った。番人は膝の上で掌を重ね合わせ、じっと次の言葉を待った。

「朝、お訪ねしようと思って修道院の裏庭まで来たのに、道に迷ってしまったんです。

道順ははっきり覚えていたはずなんですけれど。それで、ガイドのジェニャックに連れてきてもらったら、ほら、この通り。たどり着けました」

「それはよろしかった」

「丘を下る林の道はいくつもあるんですか」

「さあ、どうでしょう。私が洞窟を出るのは、温室で孔雀を遊ばせる時くらいですから」

私はホテルの女主人に借りた地図で修道院を指差し、もう一度洞窟へ行きたいのだと、身振りで説明した。ジェニャックはすぐに了解し、迷うことなく私を小道まで導き、自分は駐車場で待っているからどうぞごゆっくりという表情を見せた。あなたも一緒に行こうと誘ったのだが、彼は礼儀にかなった態度でその申し出を断った。

小道の入口でまず私は匂いを探した。間違いなかった。振り向くと、ジェニャックはもう姿を消していた。

「孔雀の番人って、どんなお仕事なんでしょう」

昨夜、ホテルのベッドで洞窟と孔雀と番人についてたくさんの疑問が湧き上がり、そのためになかなか寝付けなかったくらいなのに、いざとなってみると、本当に聞いておくべきことは何なのか、よく分からなくなっていた。あれこれ質問しながら、自分はその答えを知りたがっているのではなく、できるだけ長くこの匂いをかいでいたいだけなのではないかという気がしてきた。

「特別難しい仕事じゃありません。餌をやり、水を飲ませ、羽根の手入れをし、巣作りを手伝う、まあ、こんなところでしょうか」

孔雀をこんなに近くで見るのは初めてだった。脚はか細く、ぎこちなく折れ曲がるのに、爪はいかついほどに発達し、やすやすと岩の突起を捕まえることができた。雌は雄に比べてあまりにも貧相な茶色い羽根しか持っていなかったが、頭にはちゃんと扇形の冠羽根がついていた。絶えず目は何かを追い掛けて動き、それに合わせて首の青色もしなった。幾重にも束ねられた尾羽根が岩肌を撫で、水滴に濡れた羽毛が所々に落ちていた。

孔雀たちを見ていると、ますます香りの密度が濃くなってくるようで、もしかしたら香水瓶の蓋が外れたのではないかと心配になり、何度もハンドバッグの中に手を差し込まなければならなかった。でもいつもそれは、きちんと締まっていた。

一匹がギイッと鳴いた。とがめるふうでもなく番人はそちらに目をやった。孔雀はすぐに鳴き止んだ。

「何を食べるんです」

「主に木の実です。いくらでも温室に生《な》っています」

「ここでも、羽根を広げますか？」

「もちろんです」

「私がいる間に、広げてくれるとうれしいんですけど」

「もっとも、そう長い間じゃありません。誇らしげに広げて、ふと自分の脚を見下ろした時、その醜さに驚いてすぐにたたんでしまうのです」

確かに脚は干涸びた小枝のようで、豪華な羽根を支えるにしてはあまりにも貧弱だった。

「孔雀は記憶を司る神の使いだって、教えてくれた人がいます」

私は言った。

「ええ、その通りです」

番人は近寄ってきた孔雀の首を撫でた。彼が動くと身にまとった黒い布が波打ち、暗闇を揺らした。その流れに乗って、匂いの結晶も漂った。

棚を埋める壺はランプの明かりを受けて乳白色に光っていた。思わず両手で包みたくなるような滑らかな色合いだった。

「昨日、お話ししましたよね、調香室のこと」

番人はうなずいた。

いや、本当にうなずいてくれたのかどうかは知らない。ただそんな気がしただけだ。その人には輪郭がなかった。目で追うことのできる、暗闇との境界線がなかった。だから私は普段使っている感覚以外の場所で、彼を感じ取るしかなかったのだ。

「ルーキーは孔雀が運ぶ記憶の匂いを、作ることができる人なんです」

玲子先生がいない夜、私たちはよく調香室に忍び込んで、匂い当てゲームをした。部屋中の電気を消し、調香室の机の白熱球だけをつけると、ベランダから差し込む月の光の通り道が見えた。

「じゃあ、まず最初はこれだよ」

ルーキーは一つの小瓶に手を伸ばし、ほんの一滴、ムエットに垂らす。

「さあ、分かるかな」

ルーキーはいつもの白衣を着ている。彼は白衣がとてもよく似合う。余分な香りが残らないよう念入りに洗濯されるから、かなりくたびれているはずなのに、彼をより一層利発に見せる。

私はムエットを鼻に近付けた。ルーキーの手つきを真似ようと思うのに、どうしても彼ほどうまくその細長い紙をつまむことができなかった。端を持ち過ぎてしまったり、強くはさみ過ぎてしまったりした。彼の指十本は、香りに関わりのある道具ならどんな物でも、それに一番ふさわしいやり方で扱うことができた。

「ヒントをちょうだい」

「早速かい？　最初はノーヒントだ」

私は考えた。自分の鼻にだけ神経を集中させた。でも本当は匂いを当てるより、私の様子をじっとうかがっている、ルーキーの顔を盗み見る方が大事なのだ。

「ナツメ？」

「違う。天然香料ってところだけは合っているけどね」

「じゃあ……苔？」

「外れ。先週、四番目に出した問題と同じだよ」

「そんなの覚えてるわけないじゃない」

ルーキーはなかなか正解を教えてくれない。悪戯っぽい笑みを浮かべるだけだ。

調香室は狭く、道具類は無駄なく機能的に配置されているから、私たちに残されたスペースは限られている。何かの拍子に身体が触れ合うことはあるけれど、決してこのゲームに不都合というほどではなく、互いの息遣いが他のどの物音よりも近くに聞こえる。それくらいのスペースだ。そこにすっぽり納まっていると、ベッドで抱き合うよりもぴったり身体が密着しているような気分になれる。

「当てずっぽうに言っても駄目だよ。前に同じ匂いをかいだ時の様子を、思い出そうと努力しなきゃ」

「忘れたものを思い出すなんて不可能よ。ちょっと待って。あっ、分かった。何か植物の樹脂でしょ」

「また外れだ。ムスクだよ」

とうとうあきらめて、ルーキーは正解を明かす。できれば、正しい答えを自分から口にしたくはなかったんだという、ためらいがちな顔が私は好きだった。

「ムスクって、何だったかしら」

「麝香鹿《じゃこうじか》の腹部の腺から取った香料じゃないか。すごく高いんだから、玲子先生には内緒だぞ」

本心からルーキーが、正しい答えというものに怯えを感じていたなんて、気づきもしなかった。彼はもう数学コンテストで、一生分の正解を出してしまったのだから。なのに私は、ためらいがちな顔が見たくてわざと間違った答えを出した。

「第二問めはこれ」

ムスクをムエット立てにはさみ、私たちは次へ進む。

「グリーンティーかしら」

「白檀《びゃくだん》の心材。はい次」

「コリアンダーね」

「残念。ダチュラでした。つまり朝顔。次」

「今度こそ当てるわ。ベルガモット」

「だんだんずれが大きくなってくるなあ。アンバーだよ」

私たちは笑う。他に誰もいないのだから、遠慮する必要などないのに、なぜか頬を寄せ合って声をひそめて笑う。

私たちの周りは香料の瓶で取り囲まれていた。光を通さない褐色ガラスで、掌に隠れるほど小さく、抽出された日付と名前の記されたラベルが貼られている。両肩は緩やかにカーブし、ネジ式の蓋はキノコのように丸い。それらが壁中を覆っていた。間隔が不揃いだったり、奥へ引っ込みすぎていたり、ラベルが曲がったりしているものは一個としてなかった。どんな些細な場所にも狂いはなかった。ルーキーが分類したとおりの姿を守っていた。

彼は目指す瓶を迷わず取り出すことができる。左の指でそれを包み、右手で蓋を開ける。わずかにガラスのこすれ合う音がし、私は彼の指が鳴っているのかという錯覚に陥る。ビーカーに束ねられているムエットの中から一枚を抜き取り、それを目の高さに持ち上げる。それからいよいよスポイトで、香料の一滴をすくい取る。香りが逃げないよう、素早く蓋を締める。

ルーキーの手は一続きの刺繍を描いているようだ。決して縺《もつ》れることがない。棚に戻された瓶は、すぐさま正しい位置に納まる。ムエットに垂らされた香料は匂いに姿を変え、彼の中に吸い込まれてゆく。彼はムエットを横向きにし、鼻に近付けたり遠ざけたりしながら、匂いの本当の姿をつかまえようとする。

白熱球のわずかな光が瓶たちを照らしている。褐色に染まった光はルーキーを包み、空気をひんやりとさせ、鼻の輪郭をより魅惑的に浮き立たせる。瓶たちはみな美しく、忠実だ。

「どうかした?」

ルーキーが尋ねた。

「あなたを見ていただけよ」

「最後の問題だよ」

「……ええ、分かるわ。カストリウム」

ようやく私は正しい答えを出した。もう、手遅れだとも知らずに。

「明日は雨かもしれない」

「どうして?」

「そんな匂いがするんだ」

私たちは調香室の床で愛し合った。瓶たちを乱さないよう、静かに愛し合った。

孔雀が鳴いた。すぐに私は振り返ったが、どれが鳴いたのか見分けがつかなかった。その人は相変わらず、テーブルの向こうに腰掛けていた。

「ずっと私は、ここにいました?」

妙な質問だと自分でも気づいていた。

「はい」

そう番人は答え、新しいお茶を注いだ。そのお茶のしたたる音が、何も不安に思うことなんてありません、と伝えているように聞こえた。

「変だわ。私、今カストリウムの匂いをかいでいたんです。ルーキーが肩を抱いて、私を床に横たえたの。机の上に並んだ、電子秤とビーカーとガラス棒と蒸留アルコールが見えたわ。それから香料の瓶。おびただしい数の瓶が、私たちを閉じ込めていたんです。ムエットをつまんだ感触が、まだこんなにもありありと残っているのに……」

私はその人の前に手を差し出し、指を握ったり開いたりした。

「大丈夫です。すぐに慣れます」

と、その人は言った。

「待ちくたびれたでしょ」

ジェニャックはスニーカーの紐を結び直した。

「一緒に行こうって、あれほど誘ったのに。洞窟がどんな場所か、私はあなたに説明してあげられないのよ」

いいんです、いいんです、というふうに、彼は私の肩に掌をのせる真似をした。

「どのくらいあそこにいたのかしら。つい、長居してしまって。あなたのことを忘れてたわけじゃないのよ。退屈しなかった？」

ジェニャックは水飲み場のステップに立て掛けた、黒い箱を指差し、

「アコラート、アコラート」

と繰り返した。

ワゴン車の後ろにいつも積んである箱だと気づいた。よく見ると、楽器のケースだった。彼は留め金を外し、蓋を開いた。チェロだった。

「まあ、チェロだわ。ねえ、そうでしょ？　チェロよね」

思わず私は同じ言葉を何度も口にした。弘之が香水工房に提出した履歴書の一行を思い出したからだ。――特技は弦楽器の演奏。小学校時代、地元の子供オーケストラでチェロを担当……。

答える代わりに彼はそれをケースから取り出し、弓を持った。いとしいものを抱き寄せるような仕草だった。

専門家でなくても、上等なチェロではないとすぐに分かった。あちこち傷だらけだったし、塗料は剝げかけていたし、そのうえ下の支え棒が歪んでいた。

ジェニャックは左の指を弦の上にのせ、弓を引いた。思いがけず豊かな音が響いた。でも駐車場にいる観光客は誰も私たちを振り返らなかった。

何という曲だろう。どこかで聴いたことがある。一音一音、弦を押さえる指はさまざまに形を変え、ある時は鉤《かぎ》状に折れ曲がり、ある時は大きく広がり、またある時はヴィブラートさせるために関節が揺れた。音色は地面の奥から響いてくるように柔らかく、決して遠くへ弾け飛んだりはせず、いつまでも私の足元にひたひたと寄せていた。

弓が小刻みに跳ね、次の瞬間には緩やかに滑り、残響が消えるか消えないかのうちに新しいフレーズが生まれた。ジェニャックは目を伏せ、かといって指の位置に気を取られているわけでもなく、音にだけ意識を集中させるように心持ち首をかしげていた。

　彼の中に、チェロはおとなしく包まれていた。左肩に頭をもたせかけ、弦から指が離れることはなく、胴体は足の間に優しくはさまれていた。

　ベートーヴェンのメヌエットだと、私は声に出さずにつぶやいた。ふと、抱きかかえられているのは、チェロではなく自分なのだという錯覚に陥った。身体を預け、弦の響きに耳を傾けていれば、あとは何の心配もない気がした。

　弓が止まり、弦が静まり、メヌエットの最後の一音が消えていった。私は拍手をした。ジェニャックは照れて頬を赤くした。

「ありがとう」

「ネニー　ザッチ」

　いつの間にか、彼の声とチェロの音が私の中で区別がつかなくなっていた。

　ジェニャックがケースにチェロをしまおうとした時、私は弘之が残した言葉の一つを見つけた。

「古びて色の抜けた、けれどまだ十分に柔らかいビロード」

　ケースの内側に張られたそのビロードに、私は手をのばした。

13

「テスト、テスト……。四月三十日。午後三時半。杉本史子さん、現在は栗田史子さんへのインタビュー。仙台プラザホテルのコーヒーラウンジにて……」

録音ボタンを押す音がしたあと、しばらく沈黙が続く。ラウンジはかなり騒がしい。やがてコーヒーが運ばれてくる。ミルクを勧める私の声が入っている。

「てっきり、大学かどこかで数学の研究者になっていらっしゃるものとばかり思っていました。大学の先生にも解けないような問題をすらすら解いて、日本の代表に選ばれたくらいなんですもの」

「いいえ。数学コンテストなんてゲームみたいなものです。雰囲気にのまれない図太さと、短時間でてきぱき判断してゆける勇気。この方が数学的能力よりも必要とされます。数学者はまだ正しいかどうか分からないことを、じっくり研究するのが仕事ですからね。

コンテストに出る問題にはすべて、正しい答えが用意されています」

「大学では数学の勉強はお続けにならなかったのですね」

「ええ。建築学科です。今は家で子育てに専念しています。彼だって数学とは縁のない、香水の世界へ入ったじゃないですか」


……………………

……………………


「このテープ、本当に外部へ漏れたりしないでしょうか」

「もちろんです。どんな些細な言葉に大切な意味が隠れているかもしれないと思うと、心細くて仕方ないんです。もし、どうしてもお気に障るようでしたら、すぐに止めます」

「いいえ、構いません。このまま続けましょう」

「ありがとうございます。……今度のこと、ご存じなかったんですね」

「ええ、ちっとも……。あなたにうかがうまでは……」

「彼とは連絡を取り合っていらしたのですか」

「プラハ大会が終わってから十五年以上、ルーキーとは一度も会っていません。あれっきりです。調香師になったのも知りませんでした」

「史子さんも、そのニックネームで彼を呼んでらしたんですね」
「ルーキー……彼にぴったりのニックネームだと思いませんか。ハンサムで、若さに満ちあふれてて、本人さえもが恐れを抱くほどに頭がよくて」

……………………

………………

「私にお話しできることは、ほんのわずかしかありません。ご期待にはそえないと思います。だって、ルーキーと一緒に過ごした時間は、一カ月もないんです。しかもそのほとんどの時間、私たちは数学の問題を解いていたんですから。
初めて彼と会ったのは、一九八一年、三月八日、ヨーロッパ数学コンテストの国内二次予選の会場でした。席が隣同士だったんです。筆記用具を貸してあげたのが、口をきくきっかけです。彼、筆箱ごと全部忘れてきたんです。予備の鉛筆と、定規と、消しゴムはハサミで半分に切って貸してあげました。
わざと忘れたんだって言ってました。一つ小さな間違いが起これば、あとはもう大丈夫、何とかうまくやれる。一日のうち、間違いなんてものはそう再々発生するものじゃないんだ、って。

最初、テストでいい点数を取りたいからだと思いました。でも、そうじゃなかったんです。ルーキーが言った〝間違い〟は、もっと宗教的な意味合いを含んでいました。つまり、その日一日、当たり前のことが当たり前に過ぎていきますように、神様が気紛れを起こしませんように、そんなふうに祈って毎日一つずつ、あらかじめ用意された間違いを起こす。別に試験とは関係なかったのです。

二次予選に合格して、最終予選へ行った時、まず一番に彼の姿を探しました。それだけ彼のことが気掛かりだったんです。そう、あっという間に、恋していたんです。どうしてあの頃は、あんなふうにすぐさま人のことを好きになれたんでしょうか。不思議に思います。ただ〝間違い〟について、二言三言話しただけなのに、もうその人のすべてに惹《ひ》かれてしまうなんて。

あなたが望んでいらっしゃるのは、ルーキーについてのお話だとよく分かってはいるのですが、正直に申し上げると、十五年たって私の中により強く残っているのは、二人の間に起こった出来事でもなく、彼の姿形でもなく、あの時彼に対して抱いた自分の感情なんです。ただそれだけが記憶の壁に焙《あぶ》りだされて残っている。ですから、ルーキーについて話そうとすると、その壁に映った形をなぞってゆくしかありません。

今日はどんな間違いを起こすの？　と、私は尋ねました。答案用紙に名前を書かない、とルーキーは答えました。なぜこんな簡単なことに気づかなかったんだろう。一番手っ取り早くて、効果抜群じゃないか。そう言って笑いました。

名前がないことで彼が失格になってしまうんじゃないかと、気が気じゃありませんでした。もし彼が落ちたら、これっきり会えなくなる。それが嫌だったんです。彼の用意した小さな間違いが、私にとっては取り返しのつかない事態を引き起こすんじゃないかと。

けれどそんな心配は無用でした。彼は最高点を取ったんです。それほどすばらしい答案を、誰も名前がないからといって無効になどしませんでした。彼の数学の世界では、決して間違いは起こらないのです。

お母さまについてですか？　ええ、知っています。プラハにも一緒に行きましたし。そうですねえ、何と言ったらいいのでしょう。息子が自慢で自慢で、それをどうしても隠しきれない、という感じでした。いつもはっきりした色の高級な洋服を着て、ハイヒールを履いて、堂々としていらっしゃいました。

ただ、私のことはあまり快く思っていなかったようです。ルーキーと心を寄せ合っていることは知らなかったはずですが——誰にも気づかれないよう、私たちとてもうまくやったんです——五人の代表選手のうち唯一の女の子だったために、私のところに取材が集中して、それが気に入らなかったのだと思います。

　プラハでの最初の夜、歓迎パーティーの時、お母さまが洋服を貸して下さったんです。黄色いノースリーブで、フリージアがプリントしてある、スカートがふんわり広がったかわいいワンピース。わざわざお母さまが背中のボタンまで留めてくれました。ところが、パーティーが終わって、背中に手をやったら、真ん中のボタンが二つ、外れたままになっていました。

　もちろん、途中で外れたのかもしれません。いいえ、きっとそうでしょう。でもあの時は、お母さまに意地悪されたのだと思い込んでしまいました。愚かなことです。どうか、軽蔑しないで下さい。私だってまだ、十七の少女だったんです。

　プラハへ発つ前、夏休みに入ってすぐ、一週間の合宿がありました。スポンサーのコンピューター会社が持っている、軽井沢の保養所にみんな集まって、朝から晩まで数学をやるんです。朝は九時から小テストがあって、そのあと大学の先生の講義。午後は過去のヨーロッパコンテストの問題を解いて、個人面談を受けて、夜は自習。

　五人ともすぐに仲良しになりましたよ。ルーキーはいつでも輪の中心にいました。その場所に五十人いても、五百人いても、彼はいつの間にか中心に吸い寄せられてゆく人なんだと思いました。

もちろん、数学の能力の問題があったからかもしれません。でもそれだけじゃなく、彼には何か、選ばれた人が持つ特別のきらめきがありました。天からの光が、その人だけを目掛けて一筋に差し込んでくるような。ああ、自分もそこへ近寄って、その温もりを浴びてみたいと人に思わせるような……。

ただ一つ解《げ》せなかったのは、ルーキーが難問を解いてみせる時の、申し訳なさそうな態度でした。謙虚だとか慎み深いとかいうのとは違って、罪悪感さえ覚えているかのようでした。

もっとも、そんな欲のないところが、他の選手や先生たちから好かれた要因にもなりました。本当は彼自身が持つべきだった自信を、全部お母さまに吸い取られてしまったのかもしれません。

私は彼のそんな姿を見るたび、心の中でつぶやかないではいられませんでした。さあ、もっと胸を張って。お願いだから、指についたチョークをそわそわとズボンにこすりつけたりしないで。あなたの書いた解答はこんなにも美しいのだから。

実際、彼の書く数式は美しかった。ごくありふれた定理でも記号でも、彼の指から紡《つむ》ぎ出された途端、別の種類のものに次々生まれ変わってゆくようでした。例えば、ピアノのワンタッチワンタッチがソナタになってゆくような、あるいはバレリーナの身体が一瞬一瞬白鳥になってゆくような、そんな感じです。彼のそばにいられることと、彼の数式を見つめることは、私にとっては同じ意味を持っていたのです。

自習時間によく二人で保養所を抜け出して、あちこち探索しました。万平ホテルのテラスでシャーベットを食べたり、雨戸が下りたままの別荘に忍び込んだり、壊れたボートに乗ったり。

脚本を書くのを手伝ってもらったこともあります。秋の演劇コンクールで上演するお芝居を、夏休み中に書き上げなくちゃいけなかったんです。彼はちゃんと声色を使って、台詞を喋ってくれました。

二人きりの時は、数学の話は全然しませんでした。じゃあ、何を話していたんでしょう。今ではちっとも思い出せません。ただルーキーの横顔を覚えているだけです。

何年も使われずに見捨てられたままの、でも昔はきっとお金持ちの人たちが集まって華やかなダンスパーティーでも催されたに違いない、大きな洋館でした。そこのポーチに腰掛けて、キスをしました。スカートの下で、セミの脱け殻が潰れました」

………………………


「恋人のあなたにこんなお話をするなんて、残酷でしょうか。しかもルーキーは……」

「いいえ、どうぞ気になさらないで下さい。ルーキーの過去に関わりあることなら、何でも知りたいんです」

「ルーキーから聞いて、既に知っていらっしゃることばかりじゃないですか」

「私は何一つ知りません。数学が得意だったことさえ、知らなかったんです」

ウェイターがコーヒーのお代わりを注ぎに来る。女性の笑い声。呼び出しのアナウンス。史子が紙ナプキンを丸める音。

「でも――」

彼女が何か言い掛けて、テープが切れる。私はそれをひっくり返し、もう一度再生ボタンを押す。


………………………

………………………

「どうして私の所に？　ただ同じコンテストに参加したというだけで」

「昔の新聞記事を読みました。高校では演劇部に入っていらしたそうですね」

「その通りです」

「ルーキーが香水工房に就職する際提出した履歴書によると、彼はアメリカの大学に留学して演劇を勉強し、高校の演劇部顧問として全国大会で三年連続入賞したことになっています」

「それで？」

「全部嘘なんです」

「どういうことなんでしょう」

「分かりません。でも、履歴書を書きながら、あなたのことを思い浮かべていたことだけは間違いないと思います」

……………………

「ええ、プラハですね。プラハの話をしましょう。あそこでちょっとした騒動があったのは事実です。でも本当は、あんな騒ぎにすべきじゃなかったんです。

実際のところ、私たちに詳しい経過は説明されず、うやむやに始末されました。ルーキーが途中棄権するという形で。

コンテストはベルトラムカ荘で二日間おこなわれました。私たち日本人一行はそこを宿舎にもしていました。ホテルに泊まるお金がなかったからです。

一日め、前半の三題が終わった段階で、正直日本チームはみんな元気をなくしていました。団長さんも予想以上のレベルの高さにショックを受けていたようです。私たちの受験数学で大きな割合を占める微分・積分や、行列・一次変換などは全く出題されずに、あまりマークしていなかった初等幾何や集合の問題ばかりだったんです。

ただ一人、例外はルーキーです。第一問と二問は完全、第三問も論証に一部不十分なところがありましたが、八点満点の六点はもらえるだろうという予想でした。彼がこの調子で引っ張ってくれれば、出発前の目標、二十四カ国中十位以内は無理にしても、十五位以内くらいには入れるだろうし、彼のメダル獲得は間違いないはずでした。

二日目がスタートして昼休みに入った時です。ハンガリーの選手が突然、コーヒーカップを放り投げて騒ぎだしました。コーヒーに毒が入ってる、って言うんです。

とても天気のいい日で、みんな芝生の庭に出てバイキング料理を食べていました。コーヒーは芝生にこぼれ、カップは割れていました。それを取り囲んで、選手たち、同行者、主催者、付き添いの親、みんながいろいろな言葉で口々に叫びだしたんです。怖くて泣きだす人、喉《のど》に指を突っ込んでいる人、コックに食ってかかる人。大変な混乱で、誰も収拾をつけることができない状態でした。そうしている間も、さっきまで試験を受けていた大広間からは、モーツァルトの交響曲38番がずっと流れていました。

　結局、その日のコンテストは中断されたまま、後日に延期されました。私たちは別室に集められ、何の説明もされないまま長い時間待たされました。

　ハンガリー人の男の子は病院に運ばれました。警察も来ていたようです。みんな好き勝手な噂をしていました。この事件でどの国が有利になるのか、問題は変更されるのか、このまま中止になったら順位はどうなるのか。むしろ興奮のあまりうきうきしているように見える子さえいました。

　ルーキーは、そう、彼は普段と同じでした。暇だから、脚本の続きを書くのにちょうどいいんじゃない？　と言って、私の肘をつつきました。私たちは答案用紙の裏側に、第三幕第二場の台詞を書きました。

　ハンガリー人の男の子は異常が認められずに戻ってきました。味が変だと気づいてすぐ吐き出したので、ほとんど飲み込んではいなかったのです。カップの底に残ったコーヒーから毒物は検出されず、代わりに微量の食器用洗剤が出てきました。

たぶん、洗剤をよく洗い流さなかったのだろうという結論に達して、一応その日はけりがつきました。誰が考えたってそうです。台所のおばさんがカップをきちんと洗わなかった。それだけのことだし、それ以外の何事でもない。

なのに次の日、ルーキーが突然、日本へ帰ってしまったんです。私にさえ、さよならの一言も残してくれないまま。第三幕の第二場も、途中のまま……。

ルーキーが自分でコーヒーに洗剤を入れましたと、団長さんに告白したそうです。初めての国際大会で、世界の秀才たちと競い合うプレッシャーに耐え切れず、ついやってしまったんだっていうんです。

信じられます？　目茶苦茶すぎます。正解を出すたびあんなに申し訳なさそうにする人が、どうして他人を蹴落としてまで一番になろうとするでしょうか。私には訳が分かりませんでした。

ただ、ルーキーのいなくなったことが、悲しくてたまらなかっただけです。

団長さんが残った私たち四人に言ったのは、次のような意味のことです。くれぐれも事を荒立てないように、他の国の人から何を聞かれても余計なことを喋らないように、平常心で残りの問題に取り組むように。弘之君はあくまでも体調を崩して帰国したんです。

でも、もう遅すぎました。

優勝はソ連でした。例のハンガリー人が満点で金メダルを獲得しました。もしかしたらこれは、彼があらかじめ用意したいつもの〝間違い〟なのだろうか、と思いました。どうして彼は、神様の気紛れで間違いが起こるのを、あんなに恐れたのでしょうか。だってルーキーは、神様が気紛れを起こして特別に授けたとしか思えないほどの数学の才能を、与えられていたんですよ。これ以上彼の身に、気紛れなど起こるはずないのに……」

…………………………

「プラハから帰って、ルーキーに連絡を取られましたか？」

「いいえ」

「なぜです？」

「連絡先が分からなかったからです。日本理数科学振興会に電話しても、教えてくれないんです。例の事件の関係で神経質になっていたからでしょう。高校にも電話してみましたけれど、もう退学したあとでした。それ以上、私には何もできませんでした。ルーキーの方から連絡してくれるのをじっと待ちました。電話のベルに耳を澄ませ、郵便受けの扉を祈りながら開けました。けれど一度だって、報われなかったんです」

「そして、どうなったんでしょう」

「だんだん待ちくたびれてくるうち、やっぱり洗剤を入れたのはルーキーだったのかもしれない、だから私の前にはもう姿を見せられないのだ、と思うようになりました。そう思うことで忘れようとしたのです。

　プラハで一番の思い出は、二人でスケートをしたことです。内緒で宿舎を抜け出して、タクシーに乗りました。彼はちゃんとチェコ語で行き先を告げました。どんな場所に行っても、僕にとってスケート場っていう言葉が一番大事な単語なんだ、と言っていました。

　上手でした。思わず見とれるくらい。私も北国出身ですから滑れる方ですけれど、比べものになりませんでした。

広いリンクで、大勢の人が滑っていました。フィギュア教室の子供や、アイスホッケーの練習をしている人、カップルや家族連れ。その間を私たちはすり抜けてゆきました。髪がなびき、氷の粉が飛び散り、時々二人のエッジがぶつかって澄んだ音がしました。手を握り合っているのに、あまりにもスピードに乗って滑るので、手が離れ離れになってしまいそうで、私は何度も掌に力を込めました。氷に刻まれるエッジの模様は、彼が書く数式と同じようにきれいでした。

ああ、このまま時間が止まればいいのに、と願いました。ありふれた願いだけれど、でも心から本当にそう思える瞬間なんて、実は人生の中にそんなにたくさんあるわけじゃないんだと、最近分かってきました。

彼の弾んだ息が、私のすぐ耳元で聞こえていました。本当に両手で包んで、胸に抱き寄せることができるくらい近くです。

不意に彼の手が離れました。私ははっとして宙をつかみました。彼は二回転ジャンプをして、ふわりと着地し、片足を上げたまま半円を描きました。気持よさそうでした。明日数学コンテストがあるなんてこと、忘れているみたいでした。

周りの幾人かが振り向き、足を止めました。小さな空間ができ、その中へ滑り込んで彼は、一度バレエジャンプをしてから、スピンを始めました。

徐々にスピードが増していきます。両手は頭の上に真っすぐ伸び、軸足にもう片方の足が絡み付き、髪はパラシュートのように広がっています。どんどんスピードは速くなる一方です。エッジはぶれることなく回転し続けます。表情など見えず、身体は風に削られるように、輪郭が薄くなってゆきます。

歓声が起こりました。フィギュア教室の生徒も、アイスホッケーの防具を着けた人も、氷の上に立ったまま、ルーキーを見ていました。プラハのスケートリンクでさえ、やっぱり彼は中心に吸い寄せられてゆく人だったのです。

スピンはいつまでもスピードのゆるむ気配がありません。それどころかますます勢いが増してゆくようです。歓声も一段と大きくなります。もはやリンクにいる人全員の視線がルーキーに集まっていました。

私は少し心配になってきました。このままスピンが止まらなくなったらどうしよう。私が何か手助けしなければ、彼は永遠に回り続けるのではないだろうか。そして輪郭がもっともっと薄まって、ぼんやりして、ついには消えてしまうのではないか……。そう思うと怖くてたまらなくなりました。背中を汗が伝い、鼓動が激しくなってきました。

居ても立ってもいられずに、『ルーキー！』と叫ぼうとした時です。

スピンは止まりました。風はおさまり、静けさが彼を包んでいました。ルーキーはさっきからずっと僕はここにただ立っていただけなんですよ、という顔で皆を見回しました。一斉に拍手が沸き上がりました。彼は左手を胸に当て、気取ったお辞儀をしました。数学の問題を解く時とは正反対の、誇らしげで、堂々とした態度でした。

私は彼の胸にしがみつき、顔を埋め、『よかったわ。本当によかったわ』と繰り返しました。ほとんど泣きそうでした。ルーキーの匂いがしました。体臭や化粧品の匂いじゃありません。口ではうまく言えませんが、彼のそばにいる時いつも感じることのできる、ルーキーがルーキーであることの証拠のような、余韻です。

周りの皆はたぶん、その驚異的なスピンに感動しているのだと思ったでしょう。でも違うのです。ルーキーが消えてしまわなくてよかったと、ただもうそのことがうれしかったのです。ほんの数日後には、心配した通りの結果になるなんて、思いもせずに……。

スケートリンクを出ようとした時、私は財布をすられているのに気づきました。首からぶら下げていたポシェットのファスナーが開いたままになって、中の財布がなくなっていたのです。ルーキーの持っているお金だけではタクシー代に足りませんでした。私たちは迷いながらバスに乗り、結局方向違いの場所に連れていかれ、仕方なく二時間かけて歩いてベルトラムカ荘へ帰り着きました。すっかり日が暮れ、お腹はぺこぺこでした。皆心配して門の外で待っていました。団長さんはそれほど怒りませんでした。大事な本番を次の日に控えていたからでしょう。

「内緒だよ」

部屋へ引き揚げる時、ルーキーは私の耳元で囁き、悪戯っぽく笑いました。今日、ここで告白するまで、私は忠実にその約束を守りました。

日本へ帰ってからすぐ、私はルーキーに電話しようとしました。そして、その時になって初めて気づいたんです。彼に書いてもらった電話番号のメモを、財布の中にしまっていたことを」

…………………………

…………………………

…………………………

…………………………

「私がルーキーについてお話しできるのは、これで全部です」

14

彰の勤める店は、国道沿いのバス停を降りてすぐのところにあった。真新しく、広々とした店で、繁盛していた。

日用雑貨、工具類、文房具、電化製品、ペット用品……、何でも揃っていた。陳列棚の間を全部回ってみたが、彰は見つからなかった。

仕方なく、今度は母親に頼まれた手袋を探した。シルク一〇〇パーセントで、真っ白の手袋を三つ、というのが彼女の要望だった。何のためにそんなものがいるのか、用途が分からなかったので売場を探すのに苦労した。

結局、文房具売場の片隅にあった。表彰状や、それを入れる筒、額縁、紅白のリボン、そしてトロフィーなどと一緒に売っていた。トロフィーが売られているなんて、その時初めて知った。だからやっぱり、弘之のために使う手袋なのだと分かった。

彰は裏の商品搬入口で仕事をしていた。ドリルやスパナや旋盤の入った段ボール箱を開け、束ねてある紐を解き、数を数えてファイルに記入していた。重そうな荷物も軽々と持ち上げ、先が尖ったり刃が付いたりして危ないものでも、平気で抱きかかえた。他の従業員が何か声を掛けると、笑顔を見せて二言三言冗談を返し、それでも手は休めずにてきぱきと仕事を続けた。エプロンは店のマークが見えないほどに油まみれで、シャツの背中は汗に濡れていた。

「あれ、姉さん。どうしたの?」

私を見つけ、彰は言った。

「お母さまに買物を頼まれたの」

「なんだおふくろのやつ、俺に言えばいいのに」

余計油で汚れるのも構わず、彼はエプロンの端で額の汗を拭った。

「いいのよ。どうせ駅で新幹線の指定券を買うつもりだったから」

「えっ、帰りの切符?」

「明日、東京へ戻ることにしたの」

「そうか……」

彰は足元で絡まっていた荷造り紐を拾い上げ、丸めて空の段ボール箱に投げ入れた。

「いったん家に帰って、たまった雑用を片付けてから、杉本史子っていう人に連絡を取ってみるつもり。その結果がどうであれ、やっぱりプラハに行ってみる」

「一人で平気？　何だったら僕も……」

「ありがとう。でも大丈夫よ。あなたには仕事があるし、お母さまのこともあるわ」

「残酷なこと言うようだけど、誰に会ったって、どこに行ったって、何がどう変わるって訳じゃないんだよ」

「ええ、よく分かってる。だから大丈夫なの」

彰の手によってバランスよく積み上げられた、工具の山を私は見やった。それらはどれもまだ新品で、傷一つなく、鈍い銀色に光っていた。

「お仕事中、邪魔したわね。ごめんなさい」

「今日は早番で三時に上がるんだ。向かいの喫茶店で待っててくれない。一緒に帰ろうよ。途中でスーパーに寄って、晩飯の買物もしてさ」

「せっかくの早番なのに、彼女とデートでもしたら？　お母さまの夕食なら私が作るから」

「デートなんていいんだよ。それにおふくろは僕が作ったものしか食べないんだ。ね、いいだろ。一緒に帰ろう。大急ぎでこれ、片付けちゃうからさ」

無邪気に何度も彰は私を誘った。私がうなずくと、うれしそうにまたエプロンで汗を拭った。


彰の店で買ってきた手袋をはめ、私たちに手伝うよう母親が命じたのは、トロフィー磨きだった。彰と一緒に家へ帰ってみると、トロフィーは一つ残らず全部縁側に並べられ、母親は作業に必要な道具、艶だしクリームやブラシや数種類の布を用意しているところだった。

言われるまま私たちは縁側に座り、一個ずつトロフィーを手に取り、それを磨いていった。母親の出す指示は細かく、そのどれか一つでもおろそかにすると、目ざとく見つけてやり直しを言い渡した。

「どうしてよりにもよって、今日こんなことやらなくちゃならないのさ。姉さんと一緒に食べる最後の晩ご飯だから、凝った料理を作ろうと思っていたのに、これじゃあ遅くなっちゃうよ」

彰は文句を言ったが、彼女は取り合わなかった。

「だからこそ、三人でやれば早くすむんです」

そう言って、一段と大きくて手間の掛かりそうなトロフィーを彰に渡した。

「いい？　涼子さんは初めてだから、ちゃんと間違えずにやってね。とにかく慎重に扱って下さい。それが一番重要なの。傷つけたり壊れたりしたら、もう取り返しがつかないのよ。ルーキーに同じトロフィーをもらってらっしゃいと言ったって、もう無理なんだから。いいわね」

まずブラシで埃を払い、クリーナーを吹き掛け、綿の布で汚れを拭き取る。台座に刻まれた文字は、一字一字溝を綿棒でこすり、ゆるんだネジは締め直す。次にナイロンの布に艶だしクリームを三センチ絞り出し、全体にまんべんなくすり込んだら、仕上げにウールの布で更に磨きをかける。この時も細かい溝には綿棒を使う。最後に飾りのリボンにアイロンをかけ、もう一度ブラシで埃を払ってから元に戻す。もちろん作業の間、ずっと手袋を外してはならない。

以上が大体の手順だった。本当はもっといろいろあったのだが、覚えきれなかった。

でもできるだけ彼女の要望に応えられるよう、神経を集中させた。

「ああ、涼子さん。それは特別細工が凝ってて壊れやすいから、くれぐれも注意してね。使う布は綿、ナイロン、ウールの順よ。間違えないで頂戴」

作業に没頭しているようでありながら、母親は私の動きにも常に注意を払っていた。

「そんなにくどくど言わなくても、姉さんはちゃんとやるさ」

彰はずっと文句ばかり言っていたが、言葉とは反対に手つきは丁寧だった。母親が言う通り、自分はかけがえのない品物を手にしているのだと、無意識のうちにも認めているようだった。彰は決して母親が命じる手順をおろそかにしなかった。

磨いても磨いても、トロフィーは減らなかった。終わりのない作業のような気がした。直射日光が当たらないようにカーテンが閉められたままの縁側は、ぼやけた明るさに包まれ、誰かがクリーナーの瓶を取ろうとして膝をついたり、足が痛くなってもぞもぞ動いたりするたび、軋んで音を立てた。

時折彰が、最近観た映画の話や、政治家の悪口や、店に来る変な客について喋った。私がそれに答えて感想を言うなり新しい話題を提供したりすると、すぐさま母親が口をはさんだ。

「この大会はシビアだったわ。体育館でね、観客が見ている前で一対一の対決をするの。大きな黒板に解答を書いてゆくのよ。でも平気。ルーキーは優勝したわ。ママも、名前を忘れずに書くのよ、って言わなくてもすむだけ楽だった」

彼女はコンテストの話しかしなかった。

「うん、そうだね。ルーキーはいつでも優勝さ」

彰は必ず話を途中でやめにし、母親に相づちを打った。

手袋をしていても、彼女の指の骨張った様子は隠しようがなかった。それはあまりにも慎重にトロフィーに触れるために、怯えているようにさえ見えた。

彼女の中で弘之は生きているのだろうか、それとも死んでいるのだろうか、と私は思った。三人が口を閉じると、キュルキュルという磨き布の鳴る音だけが聞こえた。みんな自分の手元に視線を落としていた。

やがて三人の動きには一つのリズムが生まれ、無駄な停滞が消えた。トロフィーと六本の腕と三枚の布が、一続きの流れを成していた。一個のトロフィーが膝の上に抱き寄せられ、両手で十分に愛撫され、また縁側の端に戻された。

母親のやり方はやはり間違っていないのだろうか、作業の終わったそれは輝きを増し、より誇らしく見えた。

風のない穏やかな午後だった。庭で小鳥の鳴く気配さえしなかった。光を含んだカーテンは暖かく、手袋の中が汗ばむくらいだった。私たちはトロフィーに閉じ込められていた。誰もそこから抜け出そうとはしなかった。ただそれを磨き続けるだけだった。

「明日は何時の汽車？」

彰が尋ねた。

「午後の一番よ」

私は答えた。

「じゃあ、駅まで送って行くよ。明日は遅番なんだ」

「ありがとう」

「この現代数学協会杯の時だわ。彰を連れて行ったのが間違いだったの。あなた麻疹《はしか》になったのよ。ルーキーに移るんじゃないかと思って気が気じゃなかったわ。すぐホテルにパパを呼んで、注射でも座薬でも点滴でもいいから、とにかく一刻も早く治して！って叫んだの」

「そりゃあ、悪かったね、ママ。でもルーキーは優勝したんだろ」

「もちろんです。ほら、この通り」

母親は協会杯のトロフィーをかざし、汚れが一つでも残っていないかと目を凝らした。

「電話がほしいんだ」

彰は言った。

「分かってるわ。何か新しいことが見つかったら、ちゃんと報告する」

「兄貴に関係ない話でもいいから、電話がほしい」

「ええ、そうするわ」

彰はリボンをアイロン台にのせ、私はクリームを絞り出した。

「この大会ではね、問題にミスがあったの。それをルーキーが指摘して……」

母親はまたコンテストの話を始めた。

背の高いどっしりとしたトロフィーだった。天辺《てっぺん》についている飾りの彫刻は細く入り組んでいて、骨が折れた。よく見ると、∞とΣと∫の記号が組み合わさっていた。私はどんな小さなすき間も見逃さないよう、クリームをすり込んでいった。胴体は滑らかな流線型で、台座は本物の大理石だった。

「うん、そうだね。ママの言う通りだ」

母親の相手をする彰の声が聞こえた。

大理石に刻まれたルーキーの名前を私は一個一個磨いた。それはおとなしく私の膝の上でじっとしていた。

彰は新しいトロフィーに取り掛かり、母親はまだ現代数学協会杯の点検に夢中だった。日が西へ傾こうとしていた。次第に私は、弘之の骨をきれいにしているような気分になった。

「もし、ご迷惑でなかったら……」

私は母親を鏡台の前に座らせた。

「今日は私がお化粧して差し上げたいんですけど」

「涼子さんが？　本当に？　まあ、うれしい」

案外素直に、彼女は申し出を受け入れた。

「あなた、そういうお仕事をなさっているの？」

「いいえ、そうじゃありません。ただ、ちょっとお化粧を変えると、もっと素敵になられるんじゃないかと思ったんです」

私はケープを彼女の肩に広げた。強く触るとばらばらになってしまいそうなほどに華《きゃ》奢《しゃ》な肩だった。

「よろしいですか。じゃあ、失礼します」

私は彼女の脇にひざまずき、下から顔をのぞき込むようにしながら、ローションをつけていった。

素顔の方が若く見えた。肌には張りがあったし、ファンデーションで隠しているより皺も目立たなかった。

そして予想していた通り、素顔の方が弘之にもっと似ていた。こうして直接顔に触れていると、余計似ているのが分かった。黒目がちの瞳、額の形、顎の輪郭、そして鼻の影。

鏡台には見事な数の化粧品が揃えてあった。デパートの化粧品売場でさえ、これほどに完全な品揃えはないだろうと思えるくらいだった。さまざまな形をした瓶やケース、チューブ、ブラシ、パフなどがお得意の分類法に従って収納されていた。しかも種類と色と大きさが絡み合った、複雑な分類法だった。鏡台のあらゆるスペースが、すべて無駄なくふさがれていた。

　調香室も同じだった。不用意に触れるのがためらわれるくらい、こんなふうにどこにも欠けた場所がなかった。そう思いながら私は、明るい色合いのリキッドファンデーションに手をのばした。

「ねえ、たったそれだけでいいの？　もうちょっとほら、ここの所の染みを隠した方がいいんじゃないかしら」

　母親は鏡をのぞいて言った。

「いいえ。染みなんて見えませんよ。これくらいで十分おきれいです」

「そうかしら」

　彼女はまだ疑い深そうにしていた。

　私は頰紅をつけ、眉を描いた。

「白粉は？」

「あれはいけません。肌が不透明になって、むしろ顔色が悪くなります」

「婚約時代、誕生日に主人が買ってくれたものなの。あの人からもらった唯一のプレゼント。早く使いきってしまおうと思って、毎日たっぷり振りかけているんだけど、ちっとも減らないの」

　彼女は言った。

「ちょっと目を閉じてもらえますか」

　私はブルー系のアイシャドーをうっすらと引き、睫毛にマスカラをつけた。長くてたっぷりとカールした、魅力的な睫毛だった。彼女は言われた通り、じっと目を閉じていた。

「でも白粉をプレゼントしてくれるなんて、素敵なご主人じゃありませんか」

「そうかしら。いまだになくならないなんて、かなり執念深いわね」

「もう結構です。どうぞ目を開けて下さい」

　せっかくのメークを台無しにしては大変というように、彼女はゆっくりとまぶたを開いた。

「あの人も、もう少し子供たちを可愛がってくれればいいんだけれど……」

　アイシャドーについての感想は述べずに、母親はため息をついた。

「病院のお仕事がお忙しいんでしょう」

「家に帰ってきてもね、ほとんど温室にこもっているの。しまいには椅子とテーブルを持ち込んで、食事までしてしまう始末」

「お母さまだってお花はお好きでしょ？」

「ええ、もちろんよ。きれいだもの。だけど、主人が育てる花は好きになれないの」

私は鏡の下の平たい引き出しを開けた。びっしり口紅が詰まっていた。適当に一本を取り出した。

「ルーキーが三つの時だったわ。温室にある花を、全部覚えたの。しかも単に名前を覚えたっていう訳じゃないの。目隠しをして、匂いをかぐだけで何の花か言い当てたのよ。信じられる？」

鏡に映った私に向かって、母親は言った。

「匂いだけで？」

「そう。クンシラン、ストック、ブーゲンビリア、ハマユウ、ベゴニア……。何でも大丈夫。ちょっと鼻を近づけて、一呼吸おいて、ずばり言い当てるの。まだ舌もうまく回らないっていうのに。あっ、使った化粧品はちゃんと元の位置に戻してね。訳が分からなくなるから」

「そんな小さなうちから、匂い当てゲームをしていたなんて……」

私は口紅に視線を落とした。かなりすり減ったオレンジの口紅だった。

「なのに主人ったら、子供たちが温室へ入るのをとても嫌ったの。走り回って花を傷めるからって。そのうち誰も温室には近寄らなくなったわ」

私は紅筆を持ち、身体を屈《かが》めて母親の唇に近づいた。小指が頬に触れ、びくっとして震えた。化粧ケープの上で髪の毛がカサカサと音を立てた。

「ルーキーは間違えなかった。いつでも間違えなかった」

彼女の唇が動いた。私はそこに口紅を塗っていった。

三歳の弘之。あふれる植物に囲まれ、母親のハンカチで目隠しをされた弘之が立っている。心持ち首をかしげ、一つの花に顔を寄せている。そして、さほど迷いもしないで答える。

「マリーゴールド」

母親は歓声を上げ、手を叩き、弘之の頭を撫でる。温室の湿った空気のせいで髪が汗ばんでいる。父親はかたわらで、花が傷つくのではとひやひやしている。

「セントポーリア」

「ハイビスカス」

「ガーベラ」

そう、彼は決して間違えない。

「いかがでしょう」

私は口紅を元の場所にしまい、ケープを外した。母親はいろいろな角度に顔を傾け、何度も瞬《まばた》きしながら隅々を点検した。

「いつもの私じゃないみたいだわ」

「お美しいです」

それでもまだ安心できないのか、目尻を押さえたり唇をすぼめたりした。

「最後に、これが仕上げです」

私は〝記憶の泉〟の蓋を開け、ルーキーがしてくれたのと同じように、人差し指を濡らして耳の後ろに触れた。そこの窪みに私の指先はぴったり吸い込まれた。

「ルーキーが作った香水です」

彼女は何も答えなかった。鏡の自分だけを見つめていた。香りをかいでいるのだと分かった。

「明日もお化粧して下さいね」

「すみません。私、明日はもうここにいないんです」

「あら、どうして？」

「東京へ帰るんです。それから、プラハへ行きます」

「プラハ？　まあ、どこにある街なの？　いつか私も行ってみたいわ」

もっとよく香水をかごうとして、彼女は目を閉じた。邪魔しないよう、私は息を殺した。

ノックの音が聞こえた。

「姉さん」

彰だった。

「そろそろ、汽車の時間だよ」

母親はまだ、目を閉じたままでいた。

15

ベルトラムカ荘の門をくぐり、石畳の中庭に入ってゆくにつれ、流れてくる音楽のメロディーが次第にはっきりと耳に届いてきた。

「何の曲かしら」

私はジェニャックに話し掛けた。

「ノ、ノ……」

朝のひんやりした空気がまだ残っているせいか、ジェニャックは革ジャンの衿を立て、猫背で歩いていた。

「モーツァルトだわ。交響曲第38番のアンダンテ」

杉本史子の言った通りだった。ここにはたいてい38番が流れていると、彼女は言った。

ジェニャックはうなずいて、ベルトラムカ荘を見上げた。

クリーム色の壁と、白い柱に支えられたバルコニーが印象的な建物だった。そのバルコニーに続く外階段には、所々花が飾られ、建物の裏側は生い茂った常緑樹に半ば覆われていた。

「コリック　ストイー　フストゥプネー？」

受付でそう言って、彼は入場券を買ってくれた。

私たちは二階から見学した。どの部屋もバルコニーからの光が差し込んで明るかった。手紙や楽譜やチェンバロや、モーツァルトに関わりのある品々が展示されていた。天井に施された装飾や家具は当時のまま残され、見学コースを示す矢印やロープもなく、ついさっきまで誰かが暮らしていたような雰囲気が漂っていた。観光客たちはみな無言で、展示品の間を歩いていた。

38番は第三楽章に入っていた。私は数学コンテストの名残の品がないかと、あちこちを探した。写真、プレート、問題用紙、あるいはトロフィー。

けれどそんなものはどこにもなかった。ただモーツァルトが流れ続けるだけだった。

展示品に見入るでもなく、かと言って退屈するふうでもなく、ジェニャックはそっと私の後ろからついて来た。時折、何か成果があったかどうか気にして横顔をのぞき込んできたが、私と目が合うとすぐさまうつむいて後ずさりした。

杉本史子がコンテストの会場だと言っていた大広間は、芝生に覆われた裏庭に面し、壁はゴブラン織りで飾られ、天井からはシャンデリアがぶら下がっていた。アンサンブルのコンサートでもあるのか、正面にはピアノと譜面台が二つあり、あとは観客用の椅子が百脚ほど並べられていた。椅子の上には一枚ずつ、三つ折りのプログラムが置いてあった。

どこか地下の方から、リハーサルの音が聞こえてきた。それが38番と混じり合って響いた。

朝露の残る芝生は濃い緑に茂り、光を浴びて輝いて見えた。所々石のベンチが配置され、他に花壇も池も余分な飾りは一切なく、なだらかに傾斜しながらその先は林に続いていた。見学者が数人散歩していた。

この芝生の上でカップが割れ、コーヒーがこぼれたのだ。ピアノの代わりに机が、プログラムの代わりに問題用紙が並び、あちこちから集まってきた若者たちが数学の問題を解いた。

好きな人をあきらめるため、仕方なく自分にそう思い込ませようとしたのだと、杉本史子は言ったけれど、本当に弘之はコーヒーに洗剤を混ぜたのだろうか。

ばかばかしい。そんなことがあるはずない。それこそが大きな間違いだ。決してルーキーは間違えないと、母親も言っていたじゃないか。私は庭へ通じるガラス戸に額を押し当てた。

「リリ、リリ」

奥の部屋からジェニャックが私を呼んだ。彼はまだリョウコという発音が覚えられず、私の名前を口にするたび、ためらいがちな表情になった。

「リリ、リリ」

ためらいながらも、しきりに手招きしていた。

そこだけは特別頑丈なガラスケースに覆われ、オレンジがかった光が当たっていた。それはシャーレの中に、標本のようにおとなしく横たわっていた。モーツァルトの髪の毛だった。

長い月日の間に色素が抜けてしまったのか褪せた白色で、細く柔らかそうな髪だった。真ん中をこよりで結ばれ、計算したかのようなバランスのよい曲線を描いていた。全部で十三本あった。

「緩やかな曲線を描く遺髪」

ジェニャックに向かって私はつぶやいた。弘之がフロッピーに残した最後の言葉が見つかった。ジェニャックは人差し指をガラスケースに押しつけたまま、うなずいた。弘之もこれを目にしたのだ。杉本史子と一緒にケースにもたれ、モーツァルトの遺髪を眺め、その場面を匂いで記憶した。

私は遺髪に鼻を近づけようとした。ジェニャックの指がすぐ目の前にあった。それがチェロの弦を押さえるのにちょうどいい形をしていると、私は初めて気づいた。

けれど、いくら息を殺しても、ガラスの匂いしかしなかった。

不意に後ろで、誰かが声を上げた。ジェニャックが振り向き、何か言い返した。はっとして私はガラスから顔を離した。

「ケースを開けちゃ駄目だよ」

今度は聞き取りやすい英語だった。モップとバケツを持ち、頭に花柄のネッカチーフを被った掃除のおばあさんだった。

「つい昨日も、鍵をこじ開けられたばかりでね」

「違うんです。もっとよく見ようとしていただけなんです」

私も英語で答えた。

「そうかい？　そりゃあ、失礼したね」

おばあさんは肩をすくめ、バルコニーの外階段を降りていった。ジェニャックがチェコ語で抗議した。

「いいのよ」

と、私は彼をなだめた。

リハーサルの音が途切れ、38番はフィナーレに向かおうとしていた。


「もしもし」

彰の声はすぐ近くで聞こえた。自分がプラハにいるのを忘れそうだった。

「そっちは何時？」

「午後の三時よ。とってもいい天気」

「こっちはもう夜だ。雨が降ってる。せっかく昼間、日除け棚に殺虫剤をまいたのにさ」

私は潰れた毛虫が雨に打たれているさまを思い浮かべた。

「夜遅くにごめんなさいね」

「いいんだよ。まだ起きてたから。おふくろのブラウスに、アイロンをかけてたんだ」

彰の声があまりにもはっきりと聞こえるせいで、あの家にあった焼け焦げだらけのアイロン台や、日除け棚の柱の模様や、無花果の果汁で汚れた母親のブラウスが、次々とよみがえってきた。

「今日、ベルトラムカ荘に行ってきたわ」

「うん」

「モーツァルトの遺髪が展示してあった」

「どんな髪だった？」

「弱々しくて、ぐったりしてたわ。どうして気がつかなかったのかしら。ルーキーの髪の毛を残しておくべきだった」

「あの時はみんな、混乱していたからね」

「残しておけば、こんなに悲しまずにすんだかもしれないのに……」

「変わらないよ。何をどうしたって同じなんだ。だから姉さん、余計な後悔はしないで……」

彰はどんな髪の毛をしていただろう、と私は思った。弘之と似ていただろうか。指を滑り込ませると温かく、サラサラと流れ、太陽の下に出るといくぶん茶色がかって見えただろうか。

新しい客がチェックインしたらしく、階段を上がってくる人の気配がした。床に広げたままのスーツケースからは、丸めたシャツや洗面道具がはみ出し、ベッドの下にはさっき脱いだばかりの靴が転がっていた。どこかの部屋でシャワーを使う音がした。

「あっ、そうだ。ドールハウスが完成したんだ。一番の大作だよ」

彰が言った。

「コンテストに出してみたら」

そう口にしたあと、私は後悔した。私たちはその言葉を、安易に使ってはいけないはずだった。そしてその時、自分は彰の髪に触れたことなど一度もなかったと気づいた。

「ドールハウスには、コンテストなんて、聞いたこともないよ」

「ベルトラムカ荘には、数学コンテストの資料は何も残っていなかったわ」

彰は洗剤事件のことは知らなかった。杉本史子に会ったあと、やはり弘之は体調を崩して棄権したらしいとだけ伝えてあった。

「仕方ないよ」

「数学コンテスト財団の支部も潰れてた」

「いくら難しい数学の問題を解いたって、何も形には残らない。どんな見事な解答も、結局はあらかじめ用意されたものなんだ」

杉本史子と同じことを彰は言った。

会話が途切れると深い沈黙が訪れた。微かな雑音さえ聞こえてこなかった。自分がやはりどれだけ遠い場所にいるのか、思い出させる沈黙だった。

「でもね、収穫がないわけじゃないの。チェロの上手な青年と、孔雀の番人に出会ったわ」

私は言った。

「孔雀の番人？　何だい、それ」

「とにかく、孔雀を育てている人よ。それと、チェロを弾く子」

彼らのことを、私は何一つうまく説明できなかった。「へえ」と言ったきり、彰もそれ以上尋ねてこなかった。

「お母さまはお元気？」

「相変わらずだよ。調子のよかった新しい薬が、ここのところあまり効かなくなったみたいなんだ」

「まあ、よくないわ」

「トロフィーの間にこもっている時間が長くなった。でも、その方が僕は安心だ。あそこなら彼女を乱す物は何一つない。完結した場所なんだ」

　カーテンのすき間から日が差し込んでいた。窓ガラスには、雨も降っていないのにいつも濡れて見える路地と、自転車とごみ箱が映っていた。取り替えられたばかりのベッドカバーは分厚く毛羽立ち、触るとチクチクした。やがてシャワーの音が止んだ。

「明日は仕事、早いの？」

「休暇をもらった。おふくろを病院へ連れて行く日だから」

「お母さまに伝えて。付け睫毛をなさらない方が、ずっと素敵ですって」

「うん。伝えるよ」

「それじゃあ、もう切るわ」

「いつ帰ってくるの？」

「分からない」

「待ってるよ。電話ありがとう。うれしかった」

受話器を置くと、更に深い、本物の沈黙が訪れた。


今日は孔雀が七羽いた。雄が四羽で雌が三羽だった。いつものように薄暗がりの中にたたずんでいた。

「ジェニャックを誘ったのに、やっぱり温室の入口までしかついてこないんです」

「そうですか」

その人は自分から何かを語ろうとはしなかった。なのになぜか、決して私に気詰まりな思いをさせないのだった。

「待っている間、退屈じゃないかと心配していたんです。でも、ついこの間発見しました。彼、駐車場の水飲み場でチェロを弾いて過ごしていたんです」

「ああ、ならば安心だ」

「プロ並みという訳じゃありません。いいえ、むしろたどたどしい音です。けれど聴いているうちに、楽器が鳴っているというより、彼が私に語り掛けてくれているような気持になれます」

「いつまでも彼は待ってくれます。チェロを弾きながら、あなたを待ってくれます」

私たちを取り囲む壺は相変わらず、まるでそれ自体が光を含んでいるかのように、闇を乳白色に染めていた。おかげで孔雀の首の青色がより鮮やかに見えた。温室の突き当たりにある、シダに覆われた入口をくぐり、狭い洞窟を進んでいって、最初に目印になるのがその光だった。下手《へた》をすると見逃してしまいそうなほどぼんやりしているのに、それが見えると、ああ、やっぱり自分は間違えていなかったと安堵できるのだった。

「番人はあなたお一人なんですか」

私は尋ねた。

「ええ、そうです」

その人は答えた。一番近くにいた孔雀が、クウと一声だけ喉を鳴らした。

「みんな、お利口さんだわ」

「ありがとうございます」

「私の話に耳を傾けるみたいに、冠羽根をピンと立てて、思慮深い瞳を動かして……」

岩肌にこすれて、羽根がザワザワ動いた。テーブルの上で重ねられた番人の手に、しずくが一滴落ち、甲を伝って流れていった。

「おっしゃる通りです。あなたの言葉を、彼らは聞いているんです」

「本当に？」

「ええ。あなたの記憶を大切に保存しておくためにね」

番人は一羽の雄の羽根を撫でた。それは嫌がらず、されるがままになっていた。ただじっと腰掛けているだけなのに、番人はやすやすと孔雀を手元に引き寄せることができた。私はその人の掌がゆっくりと動くさまを見つめた。

「私以外にも、ここへ来る人はいるんでしょうか」

「もちろんです。何人も、何人もやって来ます」

「ルーキーも来たでしょうか」

答える代わりにその人は、掌を孔雀の首へ滑らせた。またあの香りが立ち昇り、私を息苦しくさせた。

洞窟の岩が作り出す闇の色は、目が痛いほどに濃密で、孔雀を閉じ込めておくためか、あるいは香りを逃さないためか、あたりをすき間なく覆いつくしていた。

「教えて下さい。お願いです」

闇に目を凝らしていると、自分の声が一音ずつ、岩へ吸い込まれてゆく様子が見える気がした。そして身体ごとそこへ預け、闇の奥へ吸い込まれてみたいという、欲望にかられた。

「ギイ」

孔雀が声を上げた。ざわめく羽根の気配が足元を漂った。黒い瞳がこちらを見ていた。

弘之が泣くのを、私は一度だけ目にしたことがある。二人で暮らしはじめて間もない頃だった。

真夜中近く、仕事の打ち合わせを終えて家に帰ってみると、全部の電気が消えていた。彼はいつも通り帰宅すると言っていたし、先に眠ったとしてもどうして玄関灯まで消してしまったのか、変に思いながらダイニングの電気のスイッチに手をのばした時、すすり泣きが聞こえた。

すぐに泣いていると分かった訳ではない。最初は身体のどこかが痛くて苦しんでいるのかと思った。心細げに震え、消え入りそうなのに途切れることがなかった。

弘之は薄暗い台所の隅にうずくまっていた。どうしたの、という言葉をのみ込み、私はスイッチから手を下ろした。ガスレンジの脇の出窓が、月明かりに照らされていた。しばらくはこのまま、どこにも手を触れない方がいいのではないかという予感がした。彼は壁にもたれかかり、両足を折り曲げて抱え込み、顔を自分の胸に押し当てていた。レンジの下の戸棚は扉が一杯に開いたままで、彼の足元にはありとあらゆる調味料が散乱していた。

私に気づいたはずなのに、弘之は顔を上げなかった。どうやれば身体をこれほど小さく丸めることができるのか、不思議だった。もしかしたら、お父さんの温室に隠れた時も、こんなふうだったのかもしれない。

サラダ油、オリーブオイル、胡麻油、醤油、ワインビネガー、味醂《みりん》、オイスターソース、ウスターソース、唐辛子味噌、日本酒、スープストック……。今朝まできちんと納まっていたはずの物たちが、全部外に放り出されていた。ソースは蓋が半開きになり、酒類の瓶はみな倒れ、油の缶からは中身が漏れ出してあたりの物を何もかも油まみれにしていた。弘之の髪は汗まみれで、手はべたべたに汚れていた。

そろそろと時間をかけ、私は彼に近寄り、背中に掌を当てた。すすり泣く声の震えがそこから伝わってきた。油の匂いが立ち籠めていた。

「うまくいかないんだ」

顔を伏せたまま、弘之は言った。苦しそうでもなかったし、取り乱してもいなかった。むしろ静かな声だった。

洋服が汚れるのも気にせず、私は隣に腰を下ろした。戸棚の中はがらんとした空洞になっていた。

次第に目が慣れてきて、月明かりだけでも部屋の様子が見えてくるようになった。食卓の上もソファーのあたりも、きちんと片付いていた。ただレンジ台の下だけが混乱しているのだった。

「どうしても駄目だ」

弘之は顔を上げ、私を見やった。睫毛は濡れていたが、涙はこぼれていなかった。数学の問題を解いていて行き詰まり、新しい糸口を探せないまま途方に暮れているような表情だった。顔の半分に月の光が差していた。

「何が駄目なの？」

私は尋ねた。

「これだよ。これを分類し直そうとしたんだ」

彼は顎で床をさした。折り曲げた足とそれを抱える腕は、皮膚が癒着したかのように、ぴくりとも動かなかった。

「もう、ちゃんときれいになっていたじゃない。引っ越しの日、ルーキーが全部うまく仕舞ってくれたのよ」

「うん。でも、一つ気に掛かっていたところがあって……。ソース類の列を一段奥にして、ビネガーの瓶を手前にすべきなんじゃないかと、最初から気になっていたんだ」

彼は膝のすき間に息を吹き掛けるようにして喋った。そのせいで言葉がうまく聞き取れなかったが、問い返すことはしなかった。とにかく、彼の中にたまった言葉が全部吐き出されるまで、余計な口出しはしない方がいいと思った。

「不都合なんて何もなかったのよ。とっても使いやすかったの」

「ううん。やっぱりよくないよ。ビネガーは匂いが漏れやすいんだ。ソースはすぐにそれを吸収してしまう。濃度の関係でそうなるんだ。匂いはね、すぐに移ってゆく。一つ所にじっとしていられない。どんなすき間にも入り込んで、気紛れにどこへでも飛んでいっちゃう。だから、分類し直す必要があったんだよ。晩飯に野菜の炒め物を作ろうとした。昨日涼子が新鮮なピーマンやインゲンを買ってきただろ？　あれを食べようとして、オイスターソースを開けたら、香りがおかしかった。やっぱり配列にミスがあったんだ。ビネガーの列とソースの列の間に、スープストックの缶をはさむべきだった。だから、中身を全部出して並べ替えようとした。難しい問題じゃない。だけど途中で、使用頻度の面から配列のバランスがどうしようもなく崩れることに気づいて、最初から公式を作り直す必要に迫られた。また並べかけた調味料を取り出して、考えているうち、フライパンから煙が上がっているのを見つけた。ガスの火を消すのを忘れていたんだ。慌ててフライパンを火から下ろそうとしたら、床に並んだ調味料を足で蹴って、みんなバタバタ倒れて、油が流れ出した。それで自分まで滑って、出窓の角に頭をぶつけて、公式が途中で分からなくなって、火災報知機が鳴りだして……最初からゆっくり考え直そうとしたんだけど、煙と油の混ざり合ったひどい臭いで頭が痛くて、どうしようも、もうどうしようも……」

不意に弘之は口をつぐみ、うな垂れてまた顔を埋めた。

「頭を打ったの？　それは大変よ。どこが痛む？」

私は彼の耳元に口を寄せ、髪に触れた。どこにも傷らしいものはなかった。ただじっとりと濡れているだけだった。

「戸棚のことなら気にしなくていいのよ。私が片付けておくから。台所用洗剤で拭けば、すぐにきれいになるわ」

私は弘之の耳から首筋、肩、肘へと指を滑らせた。その皮膚は指先に吸い付き、骨は強固で、脈の打つ感触が伝わってきた。たとえ油で汚れていても、弘之の匂いはちゃんと消されずにそこにあった。

「落ち着いたらまた、整理すればいいわ。さあ、シャワーを浴びましょう」

このまま彼が丸めた身体を解かないのではないかと不安で、私は慰めの言葉を掛け続けた。

ちょっとした混乱に過ぎない、と思った。アクシデントが重なって、訳が分からなくなって、突然すべてが嫌になる。誰にでもあることだ。心が鎮まるのを待って、バスルームでゆっくりして、そのあとベッドで抱き合えば、すぐに元に戻る。そう思い込んでいた。

実際、私たちはその通りにした。熱いお湯を一杯にし、ラベンダーオイルを垂らし、二人で入った。私が弘之の髪を洗った。常にお互いの身体のどこかとどこかが触れ合っているようにした。頰と肩先、顎と鎖骨、睫毛と唇……。そうしていさえすれば、何も怖くなかった。

ベッドで彼はもう頑なに身体を丸めたりはしなかった。一言も喋らなかったけれど、無口なのはいつものことだった。腕を広げ、私をその中にすっぽりと包んだ。台所の隅であんなに小さく縮こまっていた人の中に、これほどゆったりとした空間が隠れているなんて、信じられないほどだった。髪はラベンダーの香りを含み、すっかり乾いていた。すぐに私は、彼が陥った混乱のことなど忘れてしまった。弘之が普段より時間をかけて、私の身体に触ってくれたから。その感触の方がずっと大事だったから。

次の日、台所は元通りになっていた。嫌な臭いは消え、調味料はそれぞれ新しい場所を与えられ、弘之は昨夜のことを二度と口にしなかった。

彼が泣いていた本当の理由を、私は考えてみようともしなかった。そしてすべてが、手遅れになった。


「そう、手遅れだったんです」

私は言った。

言ったあとで、なぜ自分がそんな言葉を番人の前で口にしているのだろうかとうろたえた。さっきまで自分は何かを語っていたのか、それともただ心の中で、記憶をよみがえらせていただけなのか、区別がつかなかった。私は一息にお茶を流し込んだ。ひどく喉が渇いていた。

孔雀たちはそれぞれ好きな場所で、あるものは毛繕いをし、あるものは岩をつついていた。青色の首を撫でていたはずの番人の手は、今はテーブルの上に戻されていた。

「あの時ルーキーは、間違いを起こしたんです。数学コンテストの問題とは比べものにならない、とても些細な間違いだったのに、それが彼をあんな混乱に陥れるなんて……。小さい頃からずっと、正解ばかりを求められてきた人だってこと、知らなかったんです。知った時にはもう、ルーキーは死んでしまったあとだったんです」

「この洞窟では……」

岩に反響する私の声が全部消えるのを待ってから、番人は言った。

「手遅れということはありません」

彼がそんなきっぱりとした物言いをするのは珍しかった。

その言葉が合図だったかのように、孔雀たちは壺の置かれた棚の下に集まり、しばらくそこの窪みに溜まった水をついばんでから、寄り添って暗闇の中へ去っていった。羽毛がふわふわと舞い上がったが、すぐに濡れた岩肌に張り付いて、またあたりには動いているものが何もなくなった。

「すべてはあらかじめ、決められているんです。あなたが何かを為《な》したとしても、為さなかったとしても、その決定を覆すことはできません」

「決定？」

「そうです」

「じゃあ一体、私に何ができるんでしょう」

「記憶するだけです。あなたを形作っているものは、記憶なのです」

キオクという言葉が、ことさら空気を強く震わせ、その残響は長く続いた。

「私はルーキーの過去に、何一つ触れなかったわ」

「いいえ。彼はあなたを確かに記憶して、死んでゆきました」

その人は腕をのばし、私の肩に触れた。いや、本当にこちらにのびてきたのは、腕だったのだろうか。もしかしたら髪だったかも、舌だったかもしれない。闇のどこかが前触れもなくすうっと、私に向かって流れ出したような感じだった。

「過去はそこなわれません。決定されたことが覆せないのと同じように、誰かが勝手にいじることなんてできません。そうやって記憶は保存されてゆきます。たとえその人が死んだあとでも」

話し終えてもまだ、番人はじっと私の肩を撫でていた。温かくも冷たくもなかった。指の形や掌の大きさを感じ取ることもできなかった。なのに、すぐそばにその人がいるという気配だけは濃密にあった。私たちの間にまたしずくが数滴落ちた。孔雀たちは遠く、羽根のざわめきも届いてこなかった。

私はルーキーが抱えていた記憶のことを思った。その中にそこなわれないままいるという、自分のことを思った。肩に触れる気配は優しいのに、私を慰めてはくれなかった。もっと悲しみなさいと、告げているような気がした。

「もう少し、このままでいてくれますか」

私は言った。

「心行くまで、どうぞ」

番人は答えた。

16

ホテルの女主人がコンサートのチケットを二枚くれた。バイオリン、チェロ、ピアノのトリオアンサンブルで、場所はベルトラムカ荘の大広間だった。こうして私とジェニャックはもう一度あそこを訪れることになった。

夕方六時の開演だったが、芝生の裏庭にはまだ明るい日差しが照りつけていた。昨日、朝来た時には閉まっていた庭へ通じるガラス戸が、全部開け放たれていた。用意された椅子はほとんどが埋まり、ピアノの蓋は開き、譜面台には楽譜が揃えてあった。

ジェニャックは恐縮し、何度も、

「ジエクユ　ヴァーム」

と言った。たぶん、ありがとうと言っているのだと思った。革ジャンではなく、ツイードのジャケットを着ておしゃれをしていたが、袖が少し長すぎるせいで、余計彼を少年ぽく見せていた。

ベートーヴェンとドヴォルザークが終わったところで休憩になった。庭でワインが振る舞われた。さすがに日は西に傾きはじめ、芝生の半分は陰になり、その奥の林には闇が迫ろうとしていた。

白ワインのグラスを手にした時、ジェニャックとはぐれてしまった。あたりはコンサートの客で混雑し、少しでも油断するとワインをこぼしそうになるくらいだった。人込みをかき分けて私は彼を探した。探しながら気がつくと、大広間の東側にある、地下へ続く石の階段の前へ来ていた。

その階段を降りてみようとしたのは、もちろん地下にジェニャックがいると思ったからではなく、それがふと足を載せてみたくなるような種類の階段だったからだ。余りにも長い時間をかけ、大勢の人が昇り降りしたために、真ん中がちょうど足の形にすり減り、表面はつるつるになって鈍く光っていた。

地下は天井が低く、照明はむき出しの電球で、いくつか並んだドアも質素な造りのものだった。昨日、リハーサルの音が漏れていたのはここだろうか。私はあたりをうかがったが、物音は聞こえず、庭のざわめきも遠かった。

私は一番手前のドアを開けた。台所らしかった。ガスオーブンと食器戸棚と冷蔵庫が見えた。そのオーブンをのぞき込んでいた老婆が振り向き、私に気づいて何か言った。

「ごめんなさい」

とっさに私は日本語で謝った。

「ここは立ち入り禁止だよ」

今度は英語だった。それで、昨日モーツァルトの遺髪の前で会った老婆だと分かった。

「階段に札が立ってたはずだよ」

「いいえ、札はありませんでした」

私はたどたどしく英語で答えた。

「わざわざグラスを持って来たのかい？　庭のテーブルに置いといてくれれば、あとで片付けに行くのに」

私はワインのグラスを持ったままなのに気づき、それを流し台に置いた。老婆はオーブンののぞき窓をエプロンで拭き、つまみをギリッと回した。豚肉とプラムとシェリー酒の混ざり合った匂いがした。

「本当に立て札なんてなかったんです」

「ああ、分かった。分かった」

老婆は昨日のことは忘れているようだった。今度はガスレンジ台に移り、深鍋の中身をかき混ぜた。

「誰のための料理ですか」

私は尋ねた。

「今日の出演者だよ。それから、私の分」

「毎日、料理の準備を？」

「コンサートのある間はね。真冬はコンサートはないから、少し暇になる。でもまあ、掃除と雑用はあれこれあるからね」

「ここには長くお勤めですか」

「もう、三十年近くになるね。ここの一室に部屋を貸してもらって、住んでいるの」

「じゃあ、十五年前……」

「そろそろ後半の部がはじまるよ。こんなところでぐずぐずしてていいのかい？」

私の言葉をさえぎって、老婆は言った。

「いいんです。そんなことより、十五年前、ここで開かれた数学コンテストについて、覚えていらっしゃいませんか」

　自分の英語に自信がなかったので、数学コンテストというところだけ、ゆっくり二度繰り返して発音した。

「お嬢さん、コンサートを聴きに来たんじゃないの？　数学コンテスト？　ああ、それらしいことをやってた時代もあったねえ」

　老婆は冷蔵庫から生クリームを取り出し、ちゃんと量《はか》りもしないでボウルに入れると、泡立て器でかき回した。デザートを作るらしかった。ぶっきらぼうだったが、とにかく質問には答えてくれた。

「ここの広間はいろいろな催しに使われるからね。いちいち覚えてはいないよ」

「十五年前のコンテスト、そう、日本人が初めて参加したコンテストです。日本人はみんな、ここを宿舎にしたんです」

「十五年前、十五年前って言われても困るよ……。いちいち年代を計算しているわけじゃないんだから。私は数学がまるで駄目なんだ。……日本人……。ああ、そうねえ、東洋人が何人か泊まったことはあったよ」

　老婆はネッカチーフからはみ出した白髪を奥に押し込め、再び生クリームを泡立てはじめた。私はテーブルを回り込み、彼女に近づいて立て続けに質問した。

「そうです。日本から参加した高校生五人と、付き添いの大人が数人、ベルトラムカ荘に滞在したんです。ヒロユキ、っていう名前の男の子、ご記憶にないでしょうか。十六歳で、最年少の選手で、日本チームのエースだったんです。母親が一緒でした。きっと食事の世話など、あなたにしていただいたはずです。その時の大会で、ちょっとしたトラブルが発生したこと、覚えていらっしゃいます？　パトカーまでやって来て、騒ぎになったんです。それでそのヒロユキは、予定より早くここを出発してしまった。どうです？　思い出して下さいましたか？」

泡立て器のガシャガシャという音だけが響いていた。老婆は途中で砂糖の袋を破り、また目分量で生クリームに振り掛け、時折手を休めては鍋の中をのぞいたり、オーブンの温度を点検したりした。思い出そうと努力してくれているようにも見えたし、ただいつも通り、料理の手順をこなしているだけのようにも見えた。

「そういう細々《こまごま》したこと、今更言われてもねえ……」

「ごめんなさい。ご無理なお願いをしているのは、承知しています。許して下さい。パトカーが来るほどの騒ぎだったんです。コーヒーの中に毒が入っているって、ハンガリ一人の男の子が言い出して、コンテストが中断した事件です。でも、実際は食器用洗剤がカップに少し残っていただけのことでした。お仕事のお邪魔になっていることは、よく分かってます。でも、どうしても、何か一つでもいいから思い出してほしいんです」

老婆は言った。

「何かって、何だい」

彼女が歩くと床が軋み、天井からぶら下がった電球が揺れた。

そうだ。自分はいったいこの人から、何を聞き出そうとしているのだろう。私は考えた。そんなことも分からないまま、質問し続けている自分が滑稽に思えた。

老婆は戸棚からガラスの器を取り出し、テーブルに並べ、あらかじめシロップに漬けておいたらしい梨のコンポートを盛り付けだした。相変わらず扉の向こうはしんとしたままで、私たち以外、地下には誰もいない様子だった。慣れない英語を使ったせいか、頭痛がしてきた。

「この上に、生クリームをかけるんですね」

彼女の質問に答えられないまま、私はつぶやいた。

「お手伝いします」

私はクリームを梨の上に載せていった。

「スプーンに一すくいずつ、お願いするよ。すまないね」

老婆は言った。

私たちはうまく呼吸を合わせ、作業することができた。やがてローストポークが焼き上がり、彼女がソースを煮詰めている間、私はディナー皿を用意して香草を飾った。

「昔は主人と二人、こんなふうに手分けして仕事をしたもんだった」

彼女はソースの中に小指を突っ込み、味見しながら言った。

「ご主人は？……」

「とっくに死んだよ。洗剤騒ぎがあったすぐ後にね」

やっぱりこの人は事件を覚えている。

私はできるだけ丁寧に香草をちぎり、心を落ち着かせ、頭痛を鎮めようとした。

「心臓発作だった。呆気《あっけ》ないものだねえ」

「お気の毒です……」

オーブンから取り出されたばかりのローストポークはつやつやと飴色に光り、まだ肉汁の焼ける音が残っていた。彼女はソースに塩を足した。ソースが完成し、付け合わせのポテトがよそわれている間、沈黙が続いた。

「私らまで警察に調べられたよ。まあ、食事を作ったのも、コーヒーを淹《い》れたのも私らなんだから、疑われるのは仕方ないけどね」

　彼女は言った。

「でも、カップに少し、洗剤が残っていただけなんでしょ？」

「まあ、そういう話に落ち着いたようだね。でもね、弁解するつもりじゃないけど、私らは食器は念入りに洗う。どんなに急いでいる時だって、洗い残しがあるようなお粗末な仕事はしない。主人がそういうことにうるさい人だったから」

「そうですか。ならば、どうして……」

「それに、コーヒーカップを洗う時、私らは一度だって洗剤を使ったことがない」

「どういうことなんでしょう」

「食器用洗剤は高いから、無闇には使えなかったの。カップは全部、水洗いだけだった。だからこそ汚れが残らないよう、念入りに洗わなくちゃならなかったの」

「じゃあ、どうして……」

　私はまた同じ質問をつぶやいていた。

「つまり、洗剤が残るなんてことは、普通じゃあ起こらない。でも、ここで自分たちがあれこれ口をはさんだら、余計ややこしい事態になると分かっていたから、何も言わず、ただただ頭を下げて謝った。そうすれば、いい加減な料理人の、悪意のないミスってことで済むじゃないか。実際、それで済んだんだから」

「ややこしい事態とは、つまり、どういうことでしょうか」

「犯人探しがはじまるってことよ。しかも、集まっているのはみんな十代の子供だよ。ぞっとするじゃないか。たかだか算数の試験くらいで、毒だとか犯人だとか」

「誰が洗剤を入れたか、心当たりがおありになったんですね」

しばらく老婆は黙ったままでいた。もう空になってしまったはずの、ポテトの入っていた器を、いつまでもかき回していた。

「日本人の、少年でしょうか」

我慢しきれなくなって、私は問い掛けた。

「犯人が誰かなんて、私は知らない。その現場を見たわけでもない」

ようやく老婆は器から顔を上げた。

「ただ、ちょっと変だと感じた瞬間があっただけ。その人が犯人だっていう証拠はどこにもないよ。もちろん、警察にも話さなかった。突然お嬢さんが現われて、大昔の話をほじくり返すまで、実際そんな事件のことなどすっかり忘れていたんだ。一度だって思い出しもしなかった。つまり、大した出来事じゃないってことだよ」

「少年ですか……」

私は老婆の目を見据えた。それは半ば皺の間に埋もれていた。

「いいや」

老婆は首を横に振った。

「男の子じゃない。女の人だった。料理を庭へ運び上げて、ここへ戻ってきた時、その人が背中を向けて立っていた。テーブルの上にはカップが並べられていて、ポットにはコーヒーが用意できてて、いつでも運び出せる状態だった。私が小さく、あっ、と声を出したら、その人は振り向いて、一瞬こちらを見つめた後、走り去って行った。驚いたり、怯えたり、取り繕おうとするような目じゃなかったよ。むしろ毅然としてた。床には、流しの棚にしまってあったはずの食器用洗剤が転がっていた。でもね、私が最初に、あっ、て声を出したのは、部外者が台所に入り込んでいたからでも、洗剤が落ちていたからでもないの。その人の背中のボタンが外れていたからなの」

「背中のボタン?」

「そう。真ん中のボタンが二つ、はまっていなかった。だから、それを教えてあげようとしたのよ」

私は杉本史子に会った時のことを思い出した。あの時座っていたソファーの感触や、ガラステーブルから透けて見えた、踵《かかと》のすり減ったパンプスの形や、回っていたテープの速度を思い出した。

「何色の洋服でしたか」

「黄色。鮮やかな黄色の、裾がふんわり広がった、袖なしワンピースだった。フリージアの模様がついていたね」

迷わずに老婆は答えた。

「コンテストに出場していた、高校生の女の子だったんですね」

私は言った。

「違う。若い子じゃない。中年の東洋人だったよ」

老婆は刃先の尖《とが》った包丁を握り、ローストポークの塊に突き刺した。

「私が見たのはそれだけ。これで全部。さあお嬢さん、早く上へ戻らないと、コンサー

ト が終わってしまうよ。今日の最後はモーツァルトなんだろ」
老婆の手の中で、肉の塊はバラバラに解体されようとしていた。

階段を駆け上がると、ジェニャックが立っていた。

「リリ!」

そう叫んで私の手を握り、引っ張った。

私たちは走って庭を横切り、大広間へ急いだ。息を切らしながらジェニャックはずっと何か喋っていた。私を責めるようでありながら、それでいて安堵の気持を隠せない口調だった。

「私の名前はね、リョウコよ」

何か答えてあげなければと思い、私は言った。

もうすっかり夜になっていた。芝生は露に濡れ、林の向こうには月が浮かんでいた。

私たちの足元で、バッタが跳ねた。

弘之は母親の身代わりになったのだ。子供の頃、聴診器を壊した彰の身代わりになったのと同じように。母親の罪を見抜き、自分がそれをやったと思い込もうとしたのだ。

無意識のうちに？　あるいは計算ずくだったのだろうか。洗剤の匂いや、カップの内側に垂らす時の鼓動や、台所の軋む床の様子を、ありありと告白したに違いない。打ちひしがれた様子で。青ざめた顔色で。

母親をかばおうとしたんじゃない。あらかじめ用意された間違いを犯すために、身代わりになった。そうして、数学コンテストの会場から永遠に去っていった。

私はジェニャックと離れないよう、きつく手を握り直した。大広間のシャンデリアが放つクリーム色がかった光が、闇を染めていた。三人の演奏者は楽譜をめくり、それぞれの楽器に指をのせていた。最後のモーツァルトが始まろうとしていた。

17

「あの壺には、何が入っているんでしょう」

私は洞窟の岩肌に作られた棚を指差した。

「孔雀の心臓です」

と、その人は答えた。

いつもの通り、二人分のお茶の用意が整い、椅子は優しく身体を包み、アルコールランプの炎はほど良く燃えていた。孔雀の姿は見えなかったが、闇の向こうにかたまっているらしい気配は感じた。〝記憶の泉〟の匂う加減で、彼らの様子がだいたいつかめるのだった。洞窟でのそういう神経の働かせ方に、私はもう随分慣れることができた。

「壺、全部にですか?」

「はい、そうです。孔雀が死ぬと、心臓を取り出し、ミルラという香料に浸したシルクの布にくるんで、壺に納めます。それも、番人の仕事です」

首筋にしずくが落ちてきた。冷たくはなかった。濡れた感じもしなかった。ただ、番人が肩に触れた時の感触に似ているのだった。昨日から続いていた頭痛は、いつの間にか治っていた。

ミルラに浸した布ならよく知っている。弘之が横たわっていた霊安室で思い浮かべた、滑らかで、ひんやりとして、死体の皮膚によくなじむ布のことだ。

「孔雀も死ぬんですね」

「当然です。役目を終えれば死ぬのです。首の下からナイフを入れると、あの青色が二つに裂けて、奥から心臓がのぞきます。胸骨のすき間に手を滑り込ませ、傷つけないようにそっと取り出すんです」

「怖くありませんか」

「ちっとも。死んでいるなんて思えないくらい、それは美しく透明な赤色をしています。血管が模様のように広がって、少し指先に力を込めると、すぐとろけてしまいそうなんです。いつまでもそうして、自分の手の中に抱いていたい気持になります。でも、それはできません」

「なぜでしょう」

「洞窟を訪れ、記憶を語った人たちの言葉を、たっぷりと含んだ心臓です。そこなわれないよう、大事に壺に納めておかなければなりません。私はただの番人なのですから」

その人は一つ息を吐いた。その人の手が孔雀の血で汚れるさまを想像してみようとした。なのに、番人の手がどこにあるのか見つけられなかった。闇が流れる時の微かな気配で、それが動いていると分かるだけだった。

「弘之の記憶を含んだ心臓を、見せていただけませんか」

そう口にしてしまったあとで、後悔した。とても聞き入れてはもらえない気がした。壺はどれも、触れたり動かされたりするのを拒むように、岩の棚にぴったりと身を沈めていたからだ。

番人は視線をそらし、私の胸のあたりを見つめていた。さっき温室を通った時ついたのだろうか。棘《とげ》のある小枝の切れ端が、セーターに引っ掛かっていた。私はそれをつまみ、岩の窪みに落とした。

「なぜその方が、ここへいらしたと分かるのですか」

番人は尋ねた。彼が何かを質問するなんて、初めてだった。けれどそれがとても易しい質問だったので、私は安堵した。

「同じ匂いがするからです。彼の作った香水と同じ匂いが、洞窟に漂っているからです」

私は鞄の中に手を入れ、香水瓶を握った。どんなに易しい質問でも、自分が決して間違っていないことを、確かめないではいられなかった。

「よろしい」

番人は言った。

「お持ちしましょう」

その人は立ち上がり、探したり迷ったりすることなく、一つの壺を手に取った。その人が動くと、不意に闇が大きく揺れ、めまいを起こしたのかと錯覚するほどだった。それでも身体の輪郭は闇に溶けたまま姿をあらわさず、椅子を引く音も聞こえず、足音さえしなかった。

「さあ、どうぞ」

番人は私の目の前に壺を置いた。棚を見やると、さっきまでそれが納まっていた場所だけ空洞になり、光の帯が頼りなく途切れていた。

近くで見ると壺は一層豊かな光を放っていた。ランプの炎が反射しているだけなのだろうか。私は天井を見上げたが、よく分からなかった。きめの細かい陶器製で、掌で包むのにちょうどいい丸味を持ち、口はくびれていた。飾りや模様、ラベルなどは一切なく、コルクで栓がしてあった。

本当に触ってもいいのでしょうか、という気持で私が番人に視線を送ると、彼は黙ったままうなずいた。

手を当てると冷たかった。クリーム色の光の様子からして、もっと温かいものを予感していた私は、はっとして手を引っ込めた。弘之の遺体に触れた瞬間が思い出された。

『大丈夫です。何も心配はいりません』

声に出さずに番人は言った。

コルクは黒ずみ、いくぶん湿っていた。長い間、開けられることのなかった栓だと分かった。中身をこぼさないよう、慎重にひねると、呆気ないほど簡単に外れた。

心臓は鶏卵くらいの大きさしかなかった。シルクの布にすき間なく包まれ、ミルラの液体に漬かっていた。けれど布の上からでも、その柔らかさは感じ取ることができたし、番人が言った美しく透明な赤色も、布から透けて見えた。精度の高いミルラは、ゼリー状の膜のようになって心臓を守っていた。

不思議なことに、栓を開けたとたん、〝記憶の泉〟の匂いがどこかへ遠のいた。私は壺の中に手を浸し、心臓をすくい上げた。代わりに違う匂いが漂ってきた。弘之の匂いだった。


ひどく混雑して、ざわざわしていた。耳を澄ましても、人々の声をうまく聞き取ることができなかった。芝生はよく茂り、きれいに切り揃えられていた。空を見上げると晴れて眩《まぶ》しく、林の中へ飛び去ってゆく小鳥の影が見えた。

私は白ワインのグラスを持って立っていた。不意に男の肩がぶつかって、ワインがネクタイにこぼれた。

「失礼」

私は謝ったが、相手は意味の通じない言葉を並べ立て、舌打ちしながら遠ざかっていった。周りにいる誰もが、好き勝手な言葉で喋っていた。

人込みの向こうにベルトラムカ荘があった。昨日までクリーム色だと思っていた壁は、もっと明るいレモンイエローをしていた。屋根の小豆《あずき》色は太陽のせいか、つやつやして見えた。バルコニーでも何人かが、くつろいだ感じで談笑していた。
　建物の東側には、やはり階段があった。踏み心地のよさそうな石でできた、地下の台所へ通じる階段だ。そこには立ち入り禁止の札が立ててあった。
　大広間のガラス戸は全部開け放たれ、日光が部屋中に差し込んでいた。規則正しく並んだ机の上には、筆記用具が散らばっていた。ピアノとバイオリンとチェロはどこだろう。私は目を凝らしたけれど、そんなものはどこにも見当らなかった。代わりに移動式の黒板が置かれているだけだった。そこには、
《9：30～12：00
　13：30～15：30》
　と、書いてあった。コンテストのスケジュールだった。
　黒板の脇に仰々しく飾ってあるのは、最初花瓶かと思ったが、よく見るとトロフィーだった。弘之の家にあったどれよりも堂々としていた。隅々にまで彫刻が施され、プラスティックやメッキでごまかした部分が一つもなく、厳かささえ漂わせていた。そして、まだ誰の指紋もついていなかった。

私はトロフィーについて十分詳しくなっていたから、それがどれくらい立派なものか見当がついた。弘之が持ち帰ることのできなかったトロフィーだった。

「どうしてこんなところにいるの？」

誰かが肩に手を載せた。振り向くと、弘之が立っていた。振り向く前から、そうだろうという予感はしていた。十六歳のルーキーだった。

「孔雀の心臓を抱いたからよ」

私は答えた。何だ、そうだったのか、という顔で彼は微笑んだ。

テントの下に用意された料理はほとんどなくなろうとしていた。サンドイッチが数切れと、ピクルス、サラミの切れ端、萎《しお》れたレタスが少々残っているだけだった。弘之の手にした皿も、空になっていた。

彼は紺色のブレザーを着ていた。臙脂《えんじ》のネクタイはゆるみかけ、シャツの一番上のボタンは外れていた。リラックスして気分がよさそうだった。直射日光が当たっているのに、眩しそうに顔を伏せようともせず、むしろ空を仰いでもっとたくさんの光を浴びようとしていた。そのために顔が白く弾け、表情をはっきりつかむことができなかった。

「びっくりしたよ。こんなところで会えると思っていなかったから」

弘之は言った。

「私もよ」

身長が伸びきっていないせいで、顎の線が私の知っている感覚より下にあった。背中や腰回りはほっそりとし、筋肉のつき方はまだアンバランスで、手足の長さだけが目立った。

なのに声は変わっていなかった。調香室で正しい匂いの名前をささやいてくれたのと、同じ声だった。

「お腹《なか》が空いているんじゃない？　何か料理をもらってくるよ」

「いいのよ。ありがとう。お腹は空いてないの」

彼の腕をつかもうとして、私は手を引っ込めた。身体に触れたとたん、何もかもが崩れてしまいそうな気がしたからだ。

弘之の向こうに杉本史子がいた。髪をポニーテールに束ね、赤いベルベットの紐でリボン結びにしていた。プリーツスカートからのぞく素足は若々しく無防備だった。他の日本人の選手とお喋りをしながら、オレンジを頬張っていた。笑い声を上げるたび、ポニーテールが揺れた。

母親はどこだろう。私はあたりを見回したが、人が多すぎて分からなかった。テントの後ろを、ワゴンを押した老婆が通り過ぎた。彼女は昨日会った時と同じように歳を取っていた。ワゴンにはコーヒーカップと、ポットが積んであった。

「ねえ、ルーキー」

私は呼び掛けた。その名を彼に向けて発するのは久しぶりだったから、もし応えてくれなかったらと思うと怖かった。

「なんだい」

けれど彼の声の調子は普段どおりだった。ねえ、ルーキー。私は何度この言葉を口にしたのだろう。一体これが何度めなのだろう。香料の瓶の前で、ローズマリーの畑で、調味料戸棚の前で、バスルームで。そのたび彼は振り返り、なんだい、と言った。

「コーヒーを飲んじゃ駄目よ」

「どうして？」

「どうしてもよ。飲んじゃ駄目なの」

「分かってるよ。ママからも散々言われてるんだ」

「お母さまから？」

「うん。とにかく水で作ってあるものは、コーヒーでも紅茶でも飲むなって。お腹を壊すのを心配しているんだ。いつものことだよ。心配病っていう、病気さ」

うんざりしたふうを装いながら、弘之は悪戯っぽく肩をすくめた。

「杉本さんはどこだろう」

「あそこよ」

私は指差した。

「本当だ」

弘之の視線の先で、まだポニーテールが揺れていた。

「休憩時間に一緒に脚本を書く約束をしているんだ」

「知っているわ。第三幕、第二場でしょ」

「そうだよ」

「彼女を苦しめるようなこと、しないでね」

初めて彼は不思議そうな顔をした。私がここにいることなんかより、ずっと不思議でたまらないというように、目を見開き、宙のどこか遠い所を見やった。

「どういう意味？」

「身代わりにならないで。ルーキーは何もしていないのよ。心配することないの。大人たちがみんなでうまくやってくれるわ」

「誰の身代わり？」

「誰だって構わない。とにかく、やってもいないことを、やったって嘘つくのはやめて。わざと間違えて、自分を痛め付けて、自分の記憶まで塗り替えるようなことは、やめてほしいの。そんなことをしたって、誰も救われないわ。袋小路に迷い込むだけよ」

「涼子……」

弘之は空の皿をテーブルに置き、靴の先で芝生をつついた。27センチより少し小さい靴だった。

「大丈夫だよ。何にも心配しなくていい」

光の当たる位置が変わり、横顔が半分陰になった。私の愛した鼻の輪郭が、すぐ手の届きそうなところにあった。

「あなたはやってない。洗剤なんて入れてない」

「どっちだって、大して変わりないさ。僕が行く場所はもう決まっているんだから。誰かが決めてくれているんだ。僕が生まれるずっと前にね」

「嫌よ。そっちへ行っちゃ駄目。引き返して。お願いだから……」

「何をそんなに怖がっているんだい。おかしいよ。思い煩うことないんだ。安心して」

「ねえ、ルーキー」

私は叫んだ。叫んだつもりだったのに、胸が締めつけられてうまく声が出なかった。

また日差しが強くなって、彼の姿を包んだ。

「大丈夫、心配しなくてもいい」

さっきと同じ言葉を彼は繰り返した。姿は遠退《とおの》いてゆき、声の余韻も光に呑み込まれていった。

「ねえ、ルーキー」

ますます日差しは眩しく、ざわめきは大きくなった。どんなに耳を澄ませても、返事が聞こえなかった。なんだい、という優しい声が届いてこなかった。

みんな、お願い。静かにして。今度こそ本当にそう叫ぼうとした時、どこかで悲鳴が上がった。カップが地面に叩きつけられ、破片が飛び散り、人々が一斉に駆け出した。

「行っちゃ駄目よ」

私は弘之にすがりつこうとして両腕をのばした。悲鳴は次々に湧き上がり、テントが波打ち、千切れた芝生の葉が舞い上がった。

私の両手にあるのは、孔雀の心臓だった。指の間からミルラがしたたり落ちていた。あたりには再び闇が戻っていた。

番人は静かにこちらを見つめていた。私は心臓を壺の中に戻し、コルクの栓を閉めた。闇はすぐさま両手を乾かし、さっきまでそこにあったはずのものを、洞窟の一番奥深い場所へ隠した。

プラハを発つ日、ジェニャックと私はスケートリンクへ行った。杉本史子と弘之が、コンテストの前日にこっそり出掛けたというリンクだ。

それはベルトラムカ荘から更に南へ走った、町外れにあった。国道を進み市街を抜けると、やがて両側には畑が広がり、ぽつぽつと倉庫や工場などが見えはじめる。モーテルを過ぎ、乗馬学校を過ぎると、その向こうに灰色のコンクリートの建物が姿をあらわす。運転しながら、ジェニャックはそこを指差した。あたりは一面、ポピー畑だった。

裏には百台分はありそうな駐車場が広がり、入口の回転扉は豪華なホテルのように立派で、外を一周する間にあちこちの窓からのぞいてみると、スケートリンク以外にプールやテニスコートやトレーニングルームまで備えられていることが分かった。しかし、それらのすべてが打ち捨てられ、崩壊していた。

お金を無くした二人が乗ったと思われる正面玄関前のバス停は、既に廃止されたらしく、プラスティックの屋根が破れてその破片がベンチに散らばっていた。駐車場にはジェニャックのワゴン以外、タイヤの盗まれた廃車が一台置き去りにされているだけだった。建物の壁はひび割れ、植え込みには雑草が茂り、窓ガラスはほとんどが割れていた。とにかく目に映る何もかもが、昔の姿を失っているのだった。

人影はなかった。国道を車が走り去ってゆくだけだった。風が吹くとポピーがいっせいになびき、今は旗の姿などないポールの滑車が、カタカタ鳴った。

回転扉の把手には錆びた鉄の鎖が巻き付いていた。

「中には入れそうもないわ」

私がつぶやくと、ジェニャックは、

「ダーヴェイテ　スィ　ポゾル」

と言いながら私を扉から遠ざけ、足元の石を拾い上げて力一杯鎖に打ち付けた。すさまじい音がして、錆が飛び散った。ジェニャックにこんな乱暴な真似ができるなんて、思ってもみなかった。鎖が外れ、扉が動くと、彼はウインクしてみせた。

窓が割れているおかげで日光が差し込み、中は思ったほど暗くなかった。吹き抜けになった階段を上がると、そこがスケートリンクだった。

弘之が曲芸滑りをやっていたという駅裏のリンクとは比べものにならないほど大きかった。天井ははるかに高く、暗がりに沈んだずっと向こうまでリンクが広がり、それを観客席が何重にも取り囲んでいた。壁にはスポットライトやスピーカーがはめ込まれ、通路には暖かそうな絨毯が敷き詰められ、ロビーはゆったりとしたカフェになっていた。申し分のないスケートリンクだった。

なのに、氷が張っていなかった。そこはコンクリートがむき出しになり、丸まったティッシュや、潰れた紙コップや、工事現場用のヘルメットや、足の抜けた人形や、ビール瓶や、あらゆるゴミが積もっていた。スピーカーのコードは切れているし、絨毯は半分はがれかけているし、カフェには飲み物を作れる道具は何一つ残っていなかった。

私とジェニャックはリンクの脇まで通路を降りていった。二人の靴音が響き合い、隅々にまで広がっていった。

「ここが昔、一面氷だったってこと、覚えている人なんているかしら」

私は言った。

「アノ、ロズミーム」

ジェニャックは答えた。

手すりにもたれ、氷のないリンクを見つめた。そこでルーキーはすばらしいスピンをしたのだ。皆が感嘆の声を上げ、杉本史子がこのまま永遠に止まらないのではと心配するくらいのスピンだ。

氷は不透明な白色で、ちょうどいい硬さに凍っている。もちろんどんな小さなゴミさえ落ちていない。ＢＧＭと氷の削れる音が溶け合い、一つのメロディーになってこだましている。二人は明日から始まるコンテストのことなど気にも留めず、冷気を頬に浴びている。

ルーキーのスピンは美しい。彼が書く数式のように。調香室の分類された瓶のように。あるいは、彼の鼻に宿る影のように。エッジが氷の粉を撒き散らし、それと一緒に、凍ったばかりの明け方の湖を思い出させる匂いが立ち昇る。人々はどんどんルーキーの周りに集まり、止まったらすぐ拍手できるように、息を殺して待っている。

いつまでもルーキーは回り続ける。何も視界に映らない、何も聞こえない、ただ匂いだけが潜む場所へ吸い込まれようとするように、スピンし続ける。

私は手すりに顔を埋め、声を出さずに泣いた。涙が氷のないリンクの上に落ちた。ルーキーが死んで初めて、私は泣いた。

駐車場に捨てられた、壊れた車のトランクに腰掛け、ジェニャックはチェロを弾いてくれた。最初はやはりベートーヴェンのメヌエットで、あとはトロイメライや白鳥や、シューベルトやドヴォルザークだった。

彼の腕に抱きとめられ、ひとときの温められた声が、こちらに漂ってくるようだった。吹き抜ける風のせいか、時々、このまま消えてしまうのかと思うほどに音が震え、それでも途切れることなく弓は弦の上を滑った。

あたりはずっと、空との境まで、オレンジ色のポピーに埋めつくされていた。チェロの音色に合わせるように、茎は頼りなくなびき、花びらは揺れた。

私の頬はまだ涙で濡れていた。ジェニャックは目を伏せ、チェロを弾き続けた。いつまでもいつまでも、頬は濡れたままだった。

エピローグ

弘之はいないのに、時間は平然と流れてゆき、いろいろなことが少しずつ変わっていった。

香水工房には新しい助手が雇われた。ローズマリーが枯れたあとの庭は雑草の茂みになった。調味料の棚や、電話台の引き出しや、靴箱や三面鏡や、とにかく弘之が分類したあらゆる場所は、気づかないうちに何かが欠けたり、順番が入れ替わったりして、完全な姿を失おうとしていた。

私はフリーライターの仕事を再開した。自分を取り囲む世界が急に、薄っぺらになってしまったような気がした。街の風景にも、すれ違う人々にも奥行というものがなく、ただ粗末な紙がそこに張り付いているだけのようだった。乱暴に手をのばせば、何もかもがたやすく破れてゆきそうだった。

彰から連絡はなかった。私たちは二人違う場所で、それぞれのやり方で、それぞれの悲しみを味わっていた。

取材現場へ急いで人込みの中を走っている時、はげかけたマニキュアを落としている時、日が暮れてカーテンを閉めようとする時、不意に、自分は大切なものを何もかも失ったのだという気持に襲われた。いくら打ち消そうとしてもその思いは消えず、身体を支えてくれる手応えはどこにもなく、私は無力な塊になって、その場にうずくまるしかないのだった。

うずくまりながら私は〝記憶の泉〟を胸に抱き寄せた。そうすれば洞窟を満たしていたあの豊かな闇を、よみがえらせることができた。そこにはジェニャックのチェロが流れ、私の掌にはミルラに濡れた孔雀の心臓が包まれていた。私の悲しむ場所は、いつもあの洞窟だった。

プラハから戻って半年後、木枯らしの吹く晩秋のある日、弘之宛てに手紙が届いた。事務用の茶封筒の表には、転送願いの紙切れが何枚も貼ってあった。差出人は盲学校の寄宿舎、若樹寮となっていた。心当たりのない名だった。

秋冷の候、ますますご清祥のこととお喜び申し上げます。

さて、おかげ様で若樹寮は、来春をもちまして創立二十五周年を迎えることとなりました。思い起こせば木造モルタルの平屋からスタートしまして、現在の鉄筋三階建て三十室の施設が整いますまでには、慢性的な人手不足、火事、補助金の削減などなど、数多くの困難がございました。それらを乗り越え、ここに無事二十五周年を迎えられますのも、心ある皆様方のお力添えのたまものと、感謝申し上げる次第です。

つきましては、下記の日時、若樹寮に縁の方々をお招きし、ささやかながらお祝いのパーティーを催したく、ご案内申し上げます。何卒、万障お繰り合わせの上ご出席下さいますよう、在寮生、職員ともどもお待ち申し上げております。

記

日時　十二月二日（日）
　　　午後五時より
場所　若樹寮　談話室

十二月二日はよく晴れて、冷え込んだ日だった。久しぶりに会った彰は、私を見つけると「やあ」と言って片手を上げ、寒そうに首をすくめた。

駅前のロータリーから、若樹寮行きの路線バスに乗った。

「若葉荘行きのバスというのも出ていますから、お気を付け下さい。方角が全然違うんです。3番の若樹寮行きです。水色のバスです。くれぐれもご注意なさって下さい」

電話口に出た事務の人は、丁寧に道順を教えてくれた。

バスは空いていた。私たちのほかには、数人がぽつぽつと座っているだけだった。バスは商店街を抜け、幹線道路をしばらく走ったあと、トンネルをくぐって山に入っていった。その頃にはもう、乗客は私たち二人だけになっていた。

「しばらくは、こっちでゆっくりしていられるの？」

私は尋ねた。

「明日の朝一番で帰るよ」

彰は答えた。

「留守の時いつも頼んでいた家政婦さんが、田舎へ引っ越しちゃったんだ。長くは一人で置いておけないからね。三食分は用意して冷蔵庫に入れてきたから、まあ一日くらいはもつだろう」

「お母さまの具合、どう？」

「うん、ありがとう。変わりないよ」

果樹園を過ぎ、貯水池を過ぎ、もう一つトンネルをくぐったが、まだ若樹寮は見えてこなかった。だんだんカーブが多くなってきた。彰はダッフルコートで着膨れした身体を、小さく丸めるようにして座っていた。

「姉さんの方はどんな調子？」

「どうにかやっているわ。どうにかね」

「それが一番大事なことさ」

「彼女とは仲良くやっているの？」

「別れたよ」

「まあ、どうして……」

「最初から、姉さんが思っているような恋人じゃなかったんだ。この歳になってもまだ、おふくろのそばを離れられない、甘えん坊だからね」

彰は蒸気で濡れた窓をコートの袖口で拭った。

「ルーキーが盲学校の寮に勤めていたなんて、知らなかった」

きれいになったその窓に頬を寄せ、彼はつぶやいた。

「ええ、私だって……」

私たちの会話はいつでも、死者のところへ戻ってきた。

若樹寮は山の中腹に引っ掛かるようにして建っていた。造りは質素だったが、敷地は広々とし、眺めがよかった。規則正しく並んだベランダには、所々ブラウスや体操服が干してあった。料理の支度に忙しいのだろうか、キッチンの換気扇からはいい匂いのする湯気が流れ出ていた。

庭は手入れの行き届いた畑で、玉葱やホウレンソウやラディッシュが育っていた。片隅には飼育小屋があり、私たちを見つけたウサギが耳を立て、巣穴から跳ねてきた。

「よくいらして下さいました」

出迎えてくれたのは長身で白髪の寮長だった。

「こちらこそ、お招きいただきまして、ありがとうございます」

私はお辞儀をした。

「……よく、似ていらっしゃる」

しばらく彰を見つめたあと、寮長は言った。その言葉があまりにも自然にこぼれ落ちてきたので、私と彰は微笑みながらうなずくことができた。

「知らなかったのです。まさか、こんなことになっているとは。何とお悔やみ申し上げてよいか……」

祈るように、寮長はうつむいた。

「どなたにもお知らせせず、ひっそりと葬りましたので」

と、彰は言った。

私たちは寮長の案内で中を見て回った。ロビーには早くもクリスマスツリーが置かれ、壁は銀色のモールで飾り付けてあった。天井からは、拙いけれど色鮮やかな文字で書かれた、〝ようこそ若樹寮　25周年パーティーへ〟という看板が吊り下げられていた。

床は隅々まできれいに磨き上げられ、窓ガラスにはくもり一つなかった。まだ夕方なのに、照明はたっぷりとした光を放ち、そこにある飾りの一つ一つを照らしていた。パーティーが近づいて心浮き立った子供たちのざわめきが、あちこちから聞こえてきた。誰かが誰かを呼ぶ声、食器のぶつかり合う音、椅子を引きずる音、笑い声。紙ナプキンを抱えた十歳くらいの少女が、「いらっしゃいませ」と会釈しながら私たちとすれ違った。廊下の点字板に指をはわせてから、談話室へ入っていった。

「弘之はここに、何年くらいお勤めしていたんでしょう」

私は尋ねた。

「十九歳の頃から、およそ七年でしょうか。ずっと住み込みで。庶務の仕事をお願いしておりました。結局は台所仕事から畑、掃除、子供たちの世話、何でもやっていただいたんです」

「じゃあ、家出してからほとんどは、ここにいたんだ……」

独り言のように、彰が言った。

「本当によくやって下さいました。子供たちからも、職員からも、皆から慕われていました。ずっとここにいらしていただきたかったのですが、新しい勉強を始めたいからとおっしゃって……。弘之君のように優秀な方を、満足なお給料も出せないこんなところに、いつまでも引き留めておくのは忍びないと思いまして、私も強く慰留はできなかったのです」

談話室では準備が進んでいた。長テーブルにはギンガムチェックのクロスが掛けられ、紙のお皿とカップが並び、牛乳瓶に花が生けてあった。ある子供たちは椅子の上に登り、折紙で作った星の飾りを壁に張り付け、また別の子供たちは、フライドチキンの骨にアルミホイルを巻いていた。

みんな口々にお喋りをしてにぎやかなのに、どこかしんとした空気が漂っていた。彼らの目が見えないからだと気づいた。どんな些細な仕草も、無造作になされるということがなく、いつでもそこには指先が這う瞬間の静けさが隠れているのだった。

「今日は卒業生、父兄はもちろん、退職した職員、畑仕事を教えて下さっている農家の方、点字ボランティア、町内の人々、大勢いらっしゃいます。楽しいパーティーになりそうです。支度が整うまで、もう少し見学なさいませんか」

寮長は足元に落ちていた星を一つ拾い、近くの子供に手渡した。

「ありがとう、先生」

と言ってその子は、星を握った。

台所、食堂、宿直室、レコード室……と私たちは見て回った。彰も私も無口だった。本当はもっと弘之のことをいろいろ尋ねたいと思うのに、昔彼が間違いなくここに暮らしていたという事実を受け止めるだけで、胸が苦しくなった。

どこにいても、子供たちの声が響いてきた。微かに残っているかもしれない弘之の痕跡を探すように、私たちは息を潜めて歩いた。寮長は後ろにそっと控えていた。

「二階は子供たちの居室、風呂場、自習室などがございます。どうぞ」

踊り場に夕日が差し込んでいた。招待客が集まってきているのだろう、山道を登ってくる車が数台見えた。空は雲の縁から夕焼けに染まろうとしていた。

部屋はこぢんまりとし、おそろいのベッドと机が揃えてあった。どこもきちんと整頓が行き届き、すべての物があるべき場所に納まっていた。その場所からはみ出しているものは、一つもなかった。

「子供の部屋とは思えないほど、きれいに片付いていますね」

「いつも同じ場所に、同じ物がないと、困るのは彼らですからね」

寮長は答えた。

弘之の分類能力は、ここでも役立ったに違いないと思った。勉強机に並ぶノートや筆箱や教科書や三角定規を、まるで弘之が整理したもののように私は見つめた。おとなしく納まっているそれらの物は、私を安堵させた。彼がこの寮で幸せだったという証拠のような気がした。

「弘之君は算数が得意でした」

寮長がつぶやいた。

「えっ?」

私と彰が同時に聞き返した。

「子供たちの勉強をよく見てくれました。教え方が上手なんです。特別な訓練を受けたわけでもないのに、計算や図形の仕組みを、誰にも思いつかないような道順で、説き明かしてくれるのです。魔法を使うみたいに」

「兄は、算数を教えていたんですね」

扉に掛かっている点字の名札に触れながら、彰が言った。

「ええ。誰が頼んだわけでもなく、自然にそうなったのです。そこの自習室から、よく弘之君の声が聞こえていました。三桁の足し算や、体積の測り方や、速度の問題を解いている弘之君の声です。ここの子供たちはみんな、いつでも弘之君に算数を教わりたがっていたのです」

自習室の扉は半分開いたままになっていた。西日が部屋中に満ち、窓の向こうに沈もうとする太陽が見えた。男の子が一人だけ、机に向かっていた。小学校の一年生くらいだろうか。その子の髪も、半ズボンも、ソックスも、西日と同じ色に染まっていた。

「今日は全員で、パーティーの手伝いをすることになっていたんじゃないのかい？」

寮長が声を掛けると、その子は振り向いて足をぶらぶらさせながら、ごめんなさいと言った。

「宿題を忘れてたの。大急ぎで片付けるから。そうしたらお手伝いするよ」

机の上には白いボードが置かれ、そこに磁石のおはじきがいくつも並んでいた。彼は小さな指で、それをあっちにやったりこっちにやったりしていた。

彰は抱えていたダッフルコートを隅の机に置き、その子を驚かせないように、静かに近づいていった。

「繰り下がりの引き算だね」

彰が誰なのかいぶかりもせず、その子は指を止めてうなずいた。

「十の段から一つ借りてくるんだ。ほら、こんなふうに」

彰は彼の手を握り、おはじきを一個、右側へ動かした。二人の影が一つになり、床に長くのびた。

「先生、パーティーの用意ができました」

私たちを呼ぶ子供の声が、どこからか聞こえてきた。

この作品は一九九八年五月小社より刊行されたものです。

凍《こお》りついた香《かお》り

小《お》川《がわ》洋《よう》子《こ》

平成13年8月25日　初版発行
平成28年4月1日　9版発行

発行人――石原正康
編集人――菊地朱雅子
発行所――株式会社幻冬舎
〒151-0051東京都渋谷区千駄ヶ谷4-9-7
電話　03(5411)6222(営業)
03(5411)6211(編集)
振替00120-8-767643
印刷・製本―中央精版印刷株式会社
装丁者――高橋雅之

幻冬舎文庫

ISBN4-344-40136-0　C0193　お-2-2

幻冬舎ホームページアドレス　http://www.gentosha.co.jp/
この本に関するご意見・ご感想をメールでお寄せいただく場合は、
comment@gentosha.co.jpまで。